TOMASZ JEDROWSKI

Tomasz Jedrowski est né en Allemagne de parents polonais. Il étudie le droit à Cambridge et à Paris avant d'écrire son premier roman, *Les Nageurs de la nuit*, traduit dans une dizaine de langues et paru en France aux éditions La Croisée en 2023.

# LES NAGEURS
# DE LA NUIT

TOMASZ JEDROWSKI

# LES NAGEURS DE LA NUIT

*Traduit de l'anglais*
*par Laurent Bury*

la croisée

Titre original :
*SWIMMING IN THE DARK*
Première publication aux éditions Bloomsbury,
UK, en 2020


ISBN : 978-2-266-33906-3
Dépôt légal : avril 2024

*Pour Laurent, ma maison*

« Quant à l'action, elle se passe en Pologne, c'est-à-dire nulle part. »

Alfred Jarry, *Ubu roi*

« Wszystko mija, nawet najdłuższa żmija. » (« Tout passe, même la plus longue des vipères. »)

Stanisław Jerzy Lec, *Pensées échevelées*

# PROLOGUE

Je ne sais pas ce qui m'a réveillé cette nuit. Ni la branche du marronnier qui heurtait ma fenêtre, ni *Pani* Kolecka, qui toussait dans la chambre voisine. Plus maintenant. C'était peut-être le fantôme de ces bruits, soulevé par le vent, transporté à travers l'océan pour frapper à la porte de ma conscience. Peut-être. Voici ce dont je suis certain : mon corps se sent épuisé, comme un pays étranger après une guerre. Et pourtant je ne parviens pas à me rendormir.

Je pense à toi. Le visage que fait ressurgir ma mémoire, avec ses contours ébauchés et ses détails précis, ces yeux bleu-gris de la même couleur que la mer Baltique en hiver. Je pense à ton visage quand je me lève, quand je me déplace dans l'obscurité, du lit à la fenêtre, le sol jonché de vêtements comme autant de pensées inachevées. Puis je me rappelle hier soir, et un frisson m'immobilise. La radio était allumée, à l'heure des chansons comme chaque jour après le travail ; quelque chose de léger passait, je ne me souviens plus du titre. Je cherchais le café dans la cuisine quand la musique s'est arrêtée.

« Nous interrompons notre programme pour un communiqué spécial, a dit la dame de sa voix douce et ronde. Ce matin, 13 décembre, la loi martiale a été décrétée dans la République socialiste de Pologne, après plusieurs semaines de grèves et d'agitation par les manifestants pro-démocratie, et l'essor fulgurant du premier syndicat indépendant du bloc communiste, Solidarność (mal prononcé). Lors d'un discours télévisé, le gouvernement a annoncé une série de mesures drastiques : les cours sont suspendus dans les écoles et les universités, les frontières du pays sont fermées et le couvre-feu est imposé à la population. Nous vous tiendrons informés de l'évolution de la situation. »

La musique a repris.

Je serais incapable de te dire ce que j'ai ressenti à cet instant. Une forme de paralysie absolue. Mon corps a dû se fermer avant que mon esprit puisse réagir. J'ignore absolument comment j'ai réussi à me coucher.

J'allume une cigarette devant la fenêtre. Dehors, la rue est déserte, la pluie de la nuit scintille sur les trottoirs, où se reflètent les bâtiments de deux étages et les néons crépitants. 24 H / 24, clame le bar à hamburgers au bout du pâté de maisons. ÉPICERIE WANDA, chuchote une enseigne rouge et blanche. Des sirènes de police gémissent dans le lointain. Bizarrement, elles sont les mêmes qu'au pays. Chaque fois que j'en entends une, les poils de mes avant-bras se dressent. Cela me rappelle la nuit où le même son perçant a rempli l'air d'une ville éloignée. Avant que cette ville ne devienne une silhouette floue, un nom dans les actualités mondiales. Avant que la solitude ne me recouvre comme un goudron bleu nuit.

Je ne sais pas si j'ai envie que tu lises un jour ceci, mais je sais que j'ai besoin de l'écrire. Parce que tu me hantes depuis trop longtemps. Depuis ce jour, il y a douze mois, où j'ai pris l'avion pour m'envoler à travers les épaisseurs de nuages étendues par-dessus l'océan. Cela fait un an que je ne t'ai pas vu, un an que je me crois dans les limbes – depuis, je ne fais que me mentir. Et maintenant que je suis bloqué ici, dans la terrible sécurité de l'Amérique, tandis que notre pays s'effondre, je n'ai plus à faire comme si je t'avais effacé de mon esprit. Certaines choses ne peuvent être effacées par le silence. Certaines personnes ont ce pouvoir sur nous, que cela nous plaise ou non. Je commence à le comprendre. Certains êtres, certains événements peuvent nous faire perdre la tête. Comme une guillotine, ils coupent notre vie en deux, ils séparent le vivant et le mort, l'avant et l'après.

Mieux vaut commencer par le commencement, ou du moins par ce qui y ressemble. Je me rends compte que nous n'avons jamais beaucoup parlé de notre passé. Cela aurait pu changer les choses si nous l'avions fait, nous nous serions peut-être mieux compris et tout aurait été différent. Qui sait ? Quoi qu'il en soit, je ne t'ai sans doute jamais parlé de Beniek. C'était plus d'une décennie avant toi. J'avais neuf ans, et lui aussi.

# 1

Je le connaissais presque depuis toujours, Beniek. Il habitait au coin de la rue, dans notre quartier à Wrocław, composé de rues arrondies et d'immeubles de trois étages qui, vus d'en haut, formaient un aigle géant, symbole de notre nation. Il y avait des haies et de grandes cours avec un petit jardin pour chaque appartement, des caves fraîches et humides, des greniers poussiéreux. Cela ne faisait même pas vingt ans que nos familles s'y étaient installées. Nos boîtes aux lettres disaient encore *BRIEFE*, en allemand. Tout le monde – les gens qui avaient vécu ici avant et ceux qui les avaient remplacés – avait été forcé de quitter son foyer. D'un jour à l'autre, les frontières du continent avaient bougé, redessinées comme les marelles que nous tracions à la craie sur le sol. À la fin de la guerre, l'est de l'Allemagne devint la Pologne et l'est de la Pologne devint l'Union soviétique. La famille de Grand-Mère fut obligée de quitter sa terre près de Lwów. Les Russes prirent leur maison et les entassèrent dans les mêmes wagons à bestiaux qui avaient conduit les Juifs dans les camps un an ou deux auparavant. Ils se retrouvèrent à Wrocław, ville habitée depuis des siècles par les Allemands, dans un appartement tout juste abandonné par une famille que nous ne connaîtrions jamais, leur vaisselle encore dans l'évier, leurs miettes sur la table. C'est là que j'ai grandi.

Sur les larges trottoirs, parsemés d'arbres et de bancs, tous les enfants du quartier jouaient ensemble. Nous pouvions jouer au ballon et sauter à la corde avec les filles, faire le tour des cours en criant, en bondissant sur les doubles piquets qui ressemblaient à des poteaux de rugby et où les femmes suspendaient leurs tapis pour les battre. Quand les adultes nous grondaient, nous prenions la fuite. Nous étions des enfants poussiéreux. Nous foncions à travers les rues, en short à bretelles et chaussettes montantes, l'été ; en mince manteau de laine à l'automne, quand le sol était couvert de feuilles, et nous continuions à courir quand le gel l'avait envahi, quand l'air nous grattait les poumons et que notre haleine se changeait en nuage devant nos yeux. Au printemps, le jour de Śmigus-Dyngus, nous lancions de pleins seaux d'eau sur toutes les filles qui n'étaient pas assez rapides pour nous échapper, puis nous nous pourchassions et nous aspergions les uns les autres, rentrant à la maison trempés jusqu'aux os. Le dimanche, nous jetions des cailloux sur les bouteilles de lait placées sur les rebords de fenêtre, là où personne ne pouvait les voler, puis nous nous sauvions épouvantés quand une bouteille se brisait et que le lait ruisselait lentement le long du mur, les traînées blanches formant comme des larmes sur la façade noire de suie.

Beniek faisait partie de cette bande de gamins, il était l'un des plus téméraires. Je ne crois pas que nous nous parlions, à l'époque, mais je savais qui il était. Il était plus grand que la plupart d'entre nous, plus brun, avec de longs cils et un regard rebelle. Et il était gentil. Un jour où nous fuyions un adulte après avoir commis un forfait depuis longtemps oublié, j'ai trébuché et je suis tombé sur le gravier coupant. Tandis que les autres continuaient à courir, et que la poussière s'accumulait, j'ai essayé de me relever. Mon genou saignait.

— Ça va ?

Beniek se tenait à côté de moi, j'ai saisi la main qu'il me tendait et j'ai senti la force de son corps me hisser en position debout.

— Merci, ai-je murmuré, et il m'a adressé un sourire encourageant avant de repartir.

Je l'ai suivi aussi vite que j'ai pu, heureux, oubliant ma douleur au genou.

Plus tard, Beniek est allé dans une autre école et je ne l'ai plus vu. Mais nous nous sommes retrouvés pour notre première communion.

L'église n'était qu'à quelques minutes de notre rue, derrière le petit parc où nous ne jouions jamais à cause des ivrognes, derrière le cimetière où Maman serait enterrée quelques années plus tard. Nous y allions tous les dimanches, à l'église. Grand-Mère disait que certaines familles n'y allaient que pour les fêtes, ou même jamais, et j'étais jaloux des enfants qui n'avaient pas à s'y rendre aussi souvent que moi.

Quand a commencé la préparation à la première communion, nous nous réunissions deux fois par semaine dans la crypte. Le cours était dispensé par le père Klaszewski, un curé petit et vieux mais rapide, et dont le regard bleu avait presque perdu sa couleur. Il était patient, la plupart du temps, les mains jointes sur sa soutane noire alors qu'il parlait, nous contemplant de ses petits yeux délavés. Mais parfois, pour une bêtise sans importance, parce que nous bavardions ou faisions des grimaces, il explosait, il attrapait l'un de nous par l'oreille, apparemment au hasard, son pouce et son index chauds pinçant le lobe, tirant dessus jusqu'à nous faire voir trente-six chandelles. Cela se produisait rarement en cas de manquement sérieux. C'était comme une arme arbitraire, d'autant plus effrayante qu'elle frappait à l'aveugle, imprévisible, telle la colère de quelque dieu déraisonnable.

C'est là que j'ai revu Beniek. J'ai été surpris de le trouver là, parce que je ne l'avais jamais vu à l'église. Il avait changé. L'enfant maigrelet dont je me souvenais était en train de devenir un homme – du moins, c'est ce que j'ai cru – et même si nous n'avions que neuf ans, on voyait déjà la virilité naître en lui : le cou fort où se devinait déjà l'emplacement de la pomme d'Adam ; des jambes longues et robustes qui jaillissaient de son short quand nous étions assis en cercle autour du curé ; des muscles visibles sous la peau ; des poils fins qui lui poussaient au-dessus des genoux. Il avait encore les mêmes cheveux en bataille, noirs et bouclés, et les mêmes yeux sombres et malicieux. Je pense que nous nous sommes reconnus, même sans le montrer. Mais au bout de deux ou trois séances, nous nous sommes mis à parler. Je ne me souviens pas de quoi. Comment se lie-t-on d'amitié, lorsqu'on est enfant ? Peut-être simplement grâce à des intérêts communs. Ou bien peut-être pour une raison plus profonde, car tout ce que l'on dit et fait est un code, à notre insu. L'essentiel est que nous nous entendions naturellement. Après l'étude de la Bible, qui avait lieu le mardi et le jeudi après-midi, nous prenions le tram jusqu'au centre-ville, passant devant le zoo et son lion de néon perché au sommet de l'entrée, devant la halle du Centenaire, construite par les Allemands pour l'anniversaire d'un événement que personne n'avait envie de se rappeler. Nous roulions sur les ponts de fer, par-dessus l'Oder, fleuve calme et brun. Il y avait beaucoup de terrains vagues, la ville étant comme une bouche où il manquait des dents. Parfois, un unique bâtiment encrassé se dressait seul, comme une île sale dans une mer noire.

Nous ne parlions à personne de nos escapades – nos parents ne nous les auraient jamais autorisées. Maman se serait fait du souci, à cause des anciens combattants rougeauds qui vendaient des babioles sur la place du marché en exhibant leurs membres amputés, à cause des « pervers », syllabes qui tombaient de ses lèvres comme un double serpent, dangereux et excitant. Nous filions donc sans un mot, nous imaginant en pirates écumant la ville. Je me sentais à la fois libre et protégé en compagnie de Beniek. Nous allions au kiosque promener nos doigts à travers les larges pages des magazines sur papier glacé, désignant des choses que nous comprenions à peine – des moines asiatiques, des tribus africaines, des plongeurs de falaise mexicains –, émerveillés par l'immensité du monde et par les couleurs qui luisaient sous le noir et blanc des pages.

Nous avons commencé à nous retrouver aussi d'autres jours, après l'école. En général nous allions chez moi.

Nous jouions aux cartes, par terre dans ma minuscule chambre, de la largeur d'un radiateur, quand Maman travaillait à l'extérieur, et Grand-Mère nous apportait du lait et du pain saupoudré de sucre. Nous ne sommes allés qu'une fois chez lui. L'escalier de son immeuble était pareil au nôtre, humide et sombre, mais il paraissait plus froid et plus sale. À l'intérieur, l'appartement était différent – il y avait davantage de livres, et pas de croix, nulle part. Nous nous sommes assis dans la chambre de Beniek, de la même taille que la mienne, et nous avons écouté des disques que lui avaient envoyés des cousins vivant à l'étranger. C'est là que j'ai entendu pour la première fois les Beatles, qui chantaient *Help !* et *I Want to Hold Your Hand*, me précipitant aussitôt dans un univers que j'adorais. Son père lisait un livre, assis sur le canapé du salon, et je n'avais jamais rien vu de plus éclatant que sa chemise blanche. C'était un homme calme et doux, et j'enviais Beniek. Je l'enviais parce que je n'avais jamais vraiment eu de père, le mien étant parti quand j'étais encore enfant et ne s'étant plus guère soucié de moi par la suite. Je n'ai qu'un vague souvenir de la mère de Beniek. Elle nous a préparé du poisson grillé que nous avons mangé ensemble à la table de la cuisine, la chair salée et sèche, les arêtes me piquant l'intérieur des joues. Elle aussi avait les cheveux noirs, et si elle avait les mêmes yeux que Beniek, ils avaient un air curieusement absent lorsqu'elle souriait. Même alors, je trouvais bizarre que moi, un enfant, je puisse avoir pitié d'un adulte.

Un soir, quand ma mère est rentrée du travail, je lui ai demandé si Beniek pouvait venir habiter chez nous. Je voulais qu'il soit comme mon frère, qu'il soit toujours avec moi. Ma mère a enlevé son long manteau et l'a accroché à la patère près de la porte. Je voyais à son visage qu'elle n'était pas de bonne humeur.

— Tu sais, Beniek est différent de nous, m'a-t-elle répondu avec dédain. Il ne pourrait pas vraiment faire partie de la famille.

— Qu'est-ce que tu veux dire ? ai-je demandé, intrigué.

Grand-Mère est apparue à la porte de la cuisine, tenant un chiffon.

— Arrête, Gosia. Beniek est un bon garçon, qui prépare sa communion. Venez, tous les deux, le repas refroidit.

*

Un samedi après-midi, Beniek et moi faisions une partie de ballon devant notre immeuble avec d'autres enfants du quartier. Je me rappelle que c'était une journée chaude et humide, où le soleil jouait à cache-cache avec les nuages. Nous courions, motivés par la chaleur qui montait dans l'air, et nous nous sentions protégés par le toit que formaient les marronniers. Nous étions si pris par notre jeu que nous avons à peine vu le ciel s'obscurcir ou remarqué que la pluie se mettait à tomber. Le trottoir mouillé est devenu noir, et cette humidité nous faisait plaisir après une journée brûlante, nos cheveux plaqués à notre visage comme des algues. Je me remémore clairement Beniek ainsi, courant, inconscient de tout sauf du jeu, joyeux, totalement libre. Une fois épuisés, nos vêtements entièrement détrempés, nous sommes rentrés chez moi en hâte. Grand-Mère était à la fenêtre, elle nous hélait, en s'exclamant que nous allions nous enrhumer. Dans l'appartement, elle nous a emmenés dans la salle de bains et nous a fait retirer tous nos vêtements pour nous sécher. Je savais que j'avais envie de voir Beniek nu, mais j'étais surpris par la soudaineté de ce désir, et mon cœur a fait un bond alors qu'il se déshabillait. Son corps était solide et plein de mystères, blanc, plat et fort, comme celui d'un homme (à ce que je croyais). Ses tétons étaient plus grands et plus foncés que les miens ; son pénis était plus gros, plus long. Mais le plus troublant, c'est que le bout en était nu, comme les glands avec lesquels nous jouions en automne. Je n'avais jamais vu vraiment le pénis de personne d'autre, et je me suis demandé si le mien avait un défaut, si c'est à cela que Maman pensait en disant que Beniek était différent. Quoi qu'il en soit, cette différence m'excitait. Quand nous avons eu fini de nous essuyer, Grand-Mère nous a enveloppés dans de grandes couvertures et j'ai eu l'impression que nous étions de retour d'un voyage dans un pays merveilleux. « Venez dans la cuisine ! » a-t-elle ordonné avec une joie très inhabituelle. Nous nous sommes attablés pour prendre du thé noir et des gaufres. Rien n'a jamais eu aussi bon goût, dans mon souvenir. J'étais enivré, je sentais en moi un picotement semblable à celui d'une légère douleur.

*

Notre retraite de communiants a eu lieu peu après. Nous sommes allés dans le Nord, du côté de Sopot. C'était le genre de début d'été qui fait oublier toutes les autres saisons, où la lumière et la chaleur s'emparent de vous et vous nourrissent d'absolu. Nous sommes partis en car, une quarantaine d'enfants, dans un centre de loisirs voisin d'une forêt, au-delà de laquelle s'étendait la mer. Je partageais une chambre avec Beniek et deux autres garçons, et nous dormions dans des lits superposés, moi au-dessus de lui. Nous faisions des balades, nous chantions et priions. Le père Klaszewski organisait des jeux sur le thème de la Bible. Nous avons visité une vieille chapelle en bois dans la forêt, cachée entre des bosquets de pins, en récitant notre chapelet comme une armée d'anges obéissants.

L'après-midi, nous avions quartier libre. Beniek et moi, nous allions à la plage avec d'autres garçons, pour nager dans la Baltique froide et agitée. Ensuite, nous nous séchions, lui et moi, et nous laissions là les autres. Nous escaladions les dunes et nous traversions ce paysage lunaire jusqu'à trouver un sommet parfait, élevé et dissimulé comme le cratère d'un volcan endormi. Nous nous y blottissions comme des cigognes fatiguées après avoir traversé la mer, et nous nous endormions, le dos caressé par le vent estival.

Le dernier soir du séjour, les moniteurs avaient arrangé une boum, pour fêter la cérémonie à venir. La cantine du centre était transformée en une sorte de discothèque. Il y avait du *kompot*, une boisson sucrée à base de fruits, des biscuits apéritif, et une radio assurait l'ambiance musicale. Au début nous étions tous timides, comme si l'on nous poussait de force vers l'âge adulte. Les garçons se tenaient d'un côté de la pièce, en short et chaussettes montantes, les filles de l'autre côté, en jupe et chemisier blanc. Un garçon a dû danser avec sa sœur, après quoi nous nous sommes tous avancés sur la piste, les uns en couple, les autres par groupes, en nous balançant et en sautillant, excités par la boisson, la musique, et l'idée que tout ça était véritablement pour nous.

Beniek et moi, nous dansions dans un groupe avec les garçons de notre chambre quand, à l'improviste, les lumières se sont éteintes. Dehors, la nuit était déjà tombée, et elle s'est engouffrée dans la salle. Les filles ont hurlé, tandis que la musique continuait. J'ai ressenti une exaltation, j'étais soudain grisé par les possibilités de l'obscurité, et dans mon esprit, une barrière inconnue est tombée. Je distinguais la silhouette de Beniek près de moi, et le besoin de l'embrasser a jailli de la nuit comme un loup. C'était la première fois que je voulais consciemment attirer quelqu'un à moi. Le désir m'atteignait comme un message clair venu des profondeurs intérieures, d'un endroit où je ne m'étais jamais risqué mais que j'ai aussitôt reconnu. Je me suis dirigé vers lui, en transe. Son corps n'a manifesté aucune résistance quand je l'ai entraîné contre le mien, et je l'ai enlacé, sentant ses os durs, mon visage contre le sien, et la chaleur de son haleine. C'est là que les lumières se sont rallumées. Nous nous sommes dévisagés, les yeux pleins de terreur, conscients des gens qui nous entouraient et nous regardaient. Nous nous sommes dégagés l'un de l'autre. Nous avons continué à danser, mais je n'entendais plus la musique. J'étais transporté dans une vision de ma vie qui me donnait tellement le vertige que ma tête s'est mise à tourner. La honte, lourde et intense, s'était matérialisée, faite de peurs et de désirs enfouis.

Cette nuit-là, je suis resté éveillé dans mon lit, au-dessus de Beniek, et j'ai tenté d'examiner cette honte. C'était comme un organe nouvellement apparu, monstrueux, animé d'une pulsation propre et soudain devenu partie intégrante de mon corps. L'idée ne m'a pas traversé l'esprit que Beniek pouvait ressentir la même chose. Il m'aurait paru impossible de croire que quelqu'un d'autre pouvait être dans la même situation que moi. Je n'ai pas cessé de me rejouer cet instant dans ma tête, je m'observais l'attirant vers moi, et ma tête se retournait sur l'oreiller, essayant de chasser cette pensée. Le jour se levait presque quand le sommeil m'a enfin soulagé.

Le lendemain matin, nous avons retiré les draps de nos lits et remballé nos affaires. Les garçons étaient excités, ils parlaient de la soirée, des filles les plus jolies, du retour chez eux et de la vraie nourriture qui les attendait.

— Qu'est-ce que j'ai envie de manger une omelette à quatre œufs ! s'est exclamé un petit gros.

Un autre lui a fait une grimace :

— Tu bouffes autant qu'un hérisson !

Tout le monde a éclaté de rire, y compris Beniek, la bouche grande ouverte, montrant toutes ses dents. Je voyais jusqu'à ses amygdales, suspendues au fond de sa gorge, s'agitant au rythme de son rire. Et malgré le caractère englobant de cette hilarité générale, je n'ai pas pu participer. C'était comme si un mur me séparait des autres garçons, un mur jusque-là invisible mais désormais évident et irréversible. Beniek a tenté de croiser mon regard, mais j'ai détourné les yeux, honteux. Quand nous sommes arrivés à Wrocław et que nos parents sont venus nous chercher, j'ai eu l'impression que dans mon cas, ils récupéraient une personne différente, un être putride, et que je ne pourrais jamais redevenir celui que j'étais auparavant.

La semaine suivante, il n'y avait pas de cours d'étude de la Bible, et Maman et Grand-Mère ont fini de coudre mon aube blanche pour la cérémonie. Bientôt, elles se sont mises à cuisiner et à préparer la visite de nos cousins. Une certaine effervescence régnait à la maison, mais je ne la partageais absolument pas. Beniek me rappelait que j'avais libéré dans le monde quelque chose de terrible, quelque chose de précieux et de dangereux. Pourtant, j'avais encore envie de le voir. Je n'avais pas le courage d'aller chez lui, mais je tendais l'oreille, espérant qu'il frapperait à la porte, qu'il viendrait me voir. Il n'est pas venu. Mais le jour de la communion est arrivé. Cette nuit-là, je n'ai pratiquement pas pu fermer l'œil, sachant que j'allais le revoir. Le matin, je me suis levé et me suis lavé le visage à l'eau froide. C'était un jour ensoleillé de cette semaine de juillet où des boules de graines blanches et duveteuses voltigent à travers les rues et recouvrent les trottoirs, où la lumière matinale est vive, presque aveuglante. J'ai enfilé la robe blanche au col haut, qui me tombait jusqu'aux chevilles. J'avais du mal à bouger dedans. Je devais me tenir droit et sérieux comme un moine. Nous sommes allés à l'église de bonne heure et je me suis arrêté sur les marches dominant la rue. Les familles passaient près de moi à pas pressés, les filles avec leur robe de dentelle blanche et leur couronne de fleurs sur la tête. Le père Klaszewski était là, vêtu d'une longue soutane à manches rouges et brodée de fil d'or, parlant à des parents enthousiastes. Tout le monde était là, sauf Beniek. Debout sur la pointe des pieds, je le cherchais des yeux dans la foule. Les cloches de l'église ont sonné, annonçant le début de la cérémonie, et j'ai senti un vide à la place de mon estomac.

— Viens, mon chéri, a dit Grand-Mère en me prenant par l'épaule. Ça va démarrer.

— Mais Beniek…

— Il doit être à l'intérieur, a-t-elle dit d'une voix grave.

Je savais qu'elle mentait. Elle m'a tiré par la main et je me suis laissé faire.

L'église était fraîche et l'orgue a commencé à jouer alors que Grand-Mère me conduisait auprès d'Halina, une fille impassible arborant gants en dentelle et nattes épaisses, et nous nous sommes avancés dans l'allée centrale main dans la main, en procession deux par deux, des couples de petits garçons et de petites filles tout de blanc vêtus. Le père Klaszewski se tenait dans le chœur et parlait de nos âmes, de notre innocence et du début d'un voyage avec Dieu. L'odeur lourde de l'encens me donnait mal à la tête. Du coin de l'œil, je voyais les bancs remplis de familles ; j'ai repéré Grand-Mère, ses sœurs, et Maman, qui me regardaient avec une fierté tendue. La main d'Halina dans la mienne était chaude et moite, comme un petit animal. Et toujours pas de Beniek. Le père Klaszewski a ouvert le tabernacle et en a sorti une coupe en argent pleine d'hosties. La musique est devenue tonitruante, l'orgue était sonore et plaintif, et un par un, garçons et filles, nous avons rejoint le curé, nous agenouillant alors qu'il plaçait une hostie dans notre bouche, sur notre langue, puis un par un nous sommes sortis de l'église. La file devant moi diminuait de plus en plus, jusqu'à ce que ce soit mon tour. Je me suis mis à genoux sur le tapis rouge. Les vieux doigts du prêtre ont déposé le pain sur ma langue, le sec rencontrant le mouillé. Je me suis relevé et je suis sorti dans le soleil aveuglant, confus et apeuré, avalant la matière amère.

Le lendemain, je suis allé chez Beniek et j'ai frappé à sa porte d'une main tremblante, incapable de contrôler la transpiration de mes paumes. Un instant après, j'ai entendu des pas de l'autre côté, puis la porte s'est ouverte, révélant une femme que je n'avais jamais vue.

— Quoi ? a-t-elle dit brusquement.

Elle était massive et son visage ressemblait à du papier gris froissé. Une cigarette pendait de ses lèvres.

Déconcerté, j'ai demandé, d'une voix consciente de sa propre inutilité, si Beniek était là. Elle a retiré la cigarette de sa bouche.

— Tu vois pas le nom sur la porte ? (Elle a tapoté le petit carré près de la sonnette. KOWALSKI y était inscrit en capitales.) Ces Juifs n'habitent plus ici. Compris ? (Elle parlait comme si elle réprimandait un chien.) Maintenant, ne viens plus jamais nous enquiquiner, sinon mon mari te mettra une raclée que tu n'oublieras pas de sitôt.

Elle m'a fermé la porte au nez.

Je suis resté abasourdi. Puis j'ai monté et descendu l'escalier quatre à quatre, cherchant les Eisensztein sur les portes voisines, appuyant sur les autres sonnettes, me demandant si je m'étais trompé d'immeuble.

— Ils sont partis, a murmuré une voix à travers une porte entrouverte.

C'était une dame que je croisais parfois à l'église.

— Où ? ai-je demandé, mon désespoir suspendu pour un instant.

Elle a regardé sur le palier comme pour s'assurer que personne n'écoutait.

— Israël.

Ce mot chuchoté ne signifiait rien pour moi, mais sa sonorité funeste ne m'en a pas moins perturbé.

— Quand reviennent-ils ?

Les mains agrippées à la porte, la dame a secoué lentement la tête.

— Tu ferais mieux de trouver quelqu'un d'autre avec qui jouer, petit.

Avec un hochement de tête, elle a refermé sa porte.

Je suis resté immobile dans l'escalier silencieux et j'ai senti la terreur se déplacer depuis mon nombril, me nouer la gorge, me piquer les yeux. Des larmes ont commencé à ruisseler sur mes joues comme du beurre fondu. Pendant un long moment je n'ai senti rien d'autre que leur chaleur.

*

Y a-t-il jamais eu quelqu'un de semblable dans ton existence, quelqu'un que tu as aimé en vain quand tu étais plus jeune ? As-tu jamais connu quelque chose de comparable à ma honte ? J'ai toujours supposé que oui, que tu ne pouvais pas avoir traversé la vie avec autant d'insouciance que tu le prétends. Mais à présent, je commence à croire que tout le monde ne souffre pas de la même manière ; que tout le monde ne souffre pas, en fait. Pas des mêmes maux, du moins. Et en un sens, c'est ce qui nous a rendus possibles, toi et moi.

# 2

Nous étions dans ce car ensemble. Varsovie, 1980. Il faisait chaud, c'était début juin, l'été qui suivait nos derniers examens à l'université. Et même si nous avions fait toutes nos études ensemble, nous ne nous connaissions pas. Tu n'allais jamais aux cours, tu n'en avais pas besoin. Donc nous aurions aussi bien pu ne jamais nous rencontrer.

Le car attendait que d'autres passagers arrivent. J'étais assis à la fenêtre, le rideau de laine orange tiré pour masquer le soleil, je relisais *Quo vadis ?*. Je me souciais moins de l'aspect religieux que de l'histoire d'amour, des passages héroïques, de la résistance courageuse. C'est ainsi que je vivais à l'époque : à travers les livres. Je m'enfermais dans leur histoire, je rêvais de leurs personnages la nuit, je me prenais pour eux. Ils étaient mon armure contre les arêtes dures de la réalité. Je les emportais partout avec moi, comme un talisman dans ma poche, et ils me semblaient presque plus réels que les personnes autour de moi, qui parlaient et vivaient dans le déni, destinées à ne jamais rien faire qui mérite d'être raconté, pensais-je.

J'ai repoussé le rideau pour contempler mon reflet dans la vitre. Il y avait des jours où j'aimais ce que je voyais – le long nez busqué, les yeux en amande. Mais la plupart du temps, ce n'était pas le cas. Le plus souvent, je m'adressais un reproche sourd, je me sentais aliéné par mon corps de vingt-deux ans.

Le car se remplissait, l'atmosphère était enivrante, chargée de la promesse de l'été. Le siège voisin du mien était vide jusqu'à ce que Karolina apparaisse et se jette dessus, le sourire de sa grande bouche teinté d'un genre de sarcasme qui lui était propre.

— Prêt à te transformer en paysan ? a-t-elle demandé.

J'ai posé le livre sur mes genoux.

— J'en meurs d'envie, ai-je répondu en tâchant de paraître imperturbable.

Karolina a éclaté de rire, rejetant la tête en arrière.

— Et moi je meurs d'envie de te voir te salir à quatre pattes dans les champs.

Le car était maintenant presque plein, le chauffeur s'est mis au volant, la cigarette collée aux lèvres, et nous avons démarré. Nous vibrions au rythme du moteur cliquetant. Le soleil se répandait sur mon visage et, dehors, la flèche du bâtiment emblématique de la ville – le palais de la Culture voulu par Staline – se dressait si haut dans le ciel d'un bleu tendre qu'on avait mal au cou en la regardant. J'étais étrangement euphorique. J'avais toujours aimé le fait de partir, le moment s'écoulant entre le départ et l'arrivée où l'on n'est comme nulle part, défini par une autre temporalité. Ce voyage me rappelait celui que j'avais entrepris quatre ans auparavant : le jour où, pour la première fois, j'avais pris le train seul pour Varsovie, pour la capitale, en abandonnant celui que j'étais autrefois. Je me tenais sur le quai avec Grand-Mère, deux grosses valises à côté de nous, et elle tamponnait ses yeux vitreux d'un mouchoir tenu dans sa main gantée. Elle ne voulait pas que je m'en aille, mais elle ne disait rien. J'avais dix-huit ans, j'étais impatient de partir. Je l'avais embrassée en hâte et j'étais monté dans le train, je me sentais égoïste de la quitter. J'avais traîné les valises jusqu'à mon compartiment, croisant des soldats qui fumaient, appuyés à la vitre de l'étroit couloir. Je m'étais installé à ma place, entre des hommes en costume usé et des femmes coiffées de chapeaux, qui buvaient du thé dans des flacons et pelaient des pommes, qui mangeaient des œufs durs enveloppés dans des dentelles blanches comme des bébés baptisés. Le train s'était ébranlé, et je m'étais endormi en regardant défiler les villages noyés dans la forêt. L'égoïsme. Devenir soi-même, ce n'est rien d'autre.

*

Notre car a emprunté un pont pour franchir la Vistule. Les arbres étaient d'un vert clair, et les berges du fleuve en étaient pleines, comme une tête couverte de boucles drues. L'odeur des tilleuls et du lilas flottait dans l'air, douce, colorée, grisante, submergeant la ville. Les rives sablonneuses étaient désertes, et tout le rivage semblait sauvage. Sans le sommet des immeubles gris derrière l'épaisseur des arbres, on aurait cru qu'aucun être humain n'avait jamais habité ici.

Je me suis retourné vers Karolina. Elle fumait, et ses lèvres larges maquillées en rouge corail laissaient une marque sur le bout de la cigarette. Je n'ai pas le souvenir de l'avoir jamais vue sans ce rouge à lèvres, ou sans la frange d'un blond foncé qui encadrait ses yeux rebelles.

— Tout va bien ? a-t-elle demandé en inclinant la tête.

J'ai fait signe que oui, et je n'ai pu m'empêcher de sourire. J'étais content qu'elle soit à mes côtés. Nous nous étions rencontrés en première année, et depuis elle était devenue comme une sœur pour moi. C'est elle qui m'avait appris presque tout ce que j'avais envie de savoir. Elle avait une pile de livres vendus sous le manteau, que nous lisions et dont nous discutions ensemble. Elle m'avait fait découvrir Simone de Beauvoir et Czesław Miłosz, les poèmes de Szymborska et les récits de voyage de Kapuściński. Parfois, elle comparait notre pays à l'Éthiopie de Haïlé Sélassié et déclarait qu'il nous fallait une révolution similaire. J'admirais le courage avec lequel elle exprimait son opinion.

— *Je t'en prie*, disait-elle en fronçant les sourcils chaque fois que je lui demandais si elle n'avait pas peur de parler ainsi.

Maman et Grand-Mère m'avaient bourré le crâne de récits de terreur, d'histoires de gens qu'elles avaient connus jadis, disparus pour un seul commentaire critique.

— Ça fait longtemps que Staline est mort, disait Karolina. Nous savons que le système est une farce, *même eux* savent que c'est une farce. Et nous ne sommes pas en Allemagne de l'Est, Dieu merci. Ici, ils sont somnambules.

Une fois dans la campagne, les routes parsemées de nids-de-poule nous promenaient à travers de grands champs, des forêts de bouleaux et d'infinies étendues de pins, avec de petites villes fatiguées hérissées de clochers. Je ne sais pas si Karolina était au courant en ce qui me concerne ; je pense qu'elle s'en doutait. Mais elle n'a jamais insisté, ne m'a jamais forcé à parler, et je lui en ai toujours été reconnaissant. C'est le genre de subtilité dont, à sa place, je n'aurais peut-être pas su faire preuve. Une seule fois elle a bien failli franchir la limite. C'était environ un mois avant le camp, après un spectacle au Théâtre national – nous étions allés voir la pièce *Tango*, de Sławomir Mrożek. Comme nous avions envie de prendre un verre, elle m'a emmené dans un petit bar caché dans une étroite ruelle de la vieille ville, en disant que c'était un endroit fréquenté par les acteurs. La salle était pleine de fumée et, debout au comptoir, de silhouettes sombres et animées qui se répandaient jusque sur le trottoir. C'était le début de l'été. Je voyais ce qu'étaient la plupart de ces hommes, mais je n'ai d'abord pas voulu croire que ce soit vrai. Ils avaient une exubérance qui me troublait profondément. C'était leur voix chantournée, les « chéris » dont ils émaillaient leurs phrases, leurs yeux rapides et voraces, leurs déhanchements tandis que Donna Summer gémissait « I Feel Love » par-dessus une pulsation électrique hypnotisante – une chanson que j'avais adorée et que je me reprochais maintenant d'avoir un jour aimée. Un seul de leurs coups d'œil furtifs suffisait pour que je me sente démasqué. Karolina n'a rien remarqué d'inhabituel, apparemment – il y avait aussi des femmes, détendues, sournoises, bruyantes. Je la regardais de côté, en me demandant si elle ne se rendait réellement compte de rien ou si elle faisait semblant. J'aurais voulu m'en aller tout de suite, j'aurais voulu cesser de tout remarquer, cesser de chercher un visage que je désirerais et que je n'aurais jamais, mais Karolina a commandé à boire et j'ai réussi à rester et à parler, les yeux essentiellement fixés sur elle. Une fois nos verres de bière presque vidés, je suis devenu impatient, irritable, je lui ai demandé pourquoi elle m'avait amené ici. Très détendue, comme toujours, elle m'a répondu qu'un ami lui avait recommandé ce bar.

— Quel ami ?

Elle a eu l'air de réfléchir.

— Son nom ne te dirait rien.

J'ai hoché la tête avec un sourire ironique.

— Très bien. On peut s'en aller ?

Son visage n'a pas changé, comme si elle ne m'avait pas entendu. Elle a bu d'un trait le reste de sa bière, a posé l'argent sur le comptoir et s'est levée de son tabouret.

— Laisse-moi juste le temps d'aller aux toilettes.

Elle s'est éloignée et je suis resté seul dans la foule. Je me sentais totalement impuissant, enfant gêné au milieu de plaisirs insaisissables. Non, c'était pire que ça. À côté de moi, deux hommes âgés, en costume, qui nous avaient jaugés, parlaient avec excitation.

— Tu sais, mon chéri, dit l'un à son ami, dans un murmure théâtral d'ivrogne, un col de fourrure sur les revers de sa veste, il faut que tu lises ce texte inédit de Baldwin dont je t'ai parlé. Ça m'a ému aux larmes. Si ça, ça ne te réveille pas, rien d'autre ne le pourra.

L'autre, très maigre, acquiesça.

— Tu me le passeras, d'accord, mon chéri ?

— Oui, mais tu feras bien attention, ce n'est même pas mon exemplaire, il est à elle, dit le premier en pointant du doigt un homme en chemise de soie blanche, en grande conversation avec ce qui semblait être l'un des acteurs de la pièce que nous avions vue, un joli garçon aux cheveux blonds ondulés et au petit nez retroussé.

Là-dessus, Karolina est revenue des toilettes et nous sommes partis. J'avais résolu de ne rien conserver de cet endroit, pas un seul souvenir, pas une seule conclusion. Mais comme des pierres qu'on lance vers le ciel de toutes ses forces, des éclats de cette soirée – les garçons et ces hommes qui les désiraient, les flirts, les codes de séduction que je pouvais seulement deviner – me sont revenus avec une intensité plus grande encore que je ne les avais vécus. Les lois de la gravité valent aussi pour les souvenirs. Un jour où j'essayais de travailler en bibliothèque, pour me changer les idées je me suis rappelé le livre. J'ai trouvé le nom dans un catalogue du département de littérature étrangère. Baldwin. James. Il y avait une liste de ses œuvres, dont une seule n'avait pas de traduction officielle : *La Chambre de Giovanni*. Ce devait être elle, me suis-je dit. J'ai refermé le catalogue, j'ai essayé de l'oublier. Mais ce titre refusait de me laisser en paix, il me narguait comme une dent qui bouge. Je me suis mis en quête. Après des semaines de recherches, des semaines de questions posées à des vendeurs soupçonneux qui me répondaient que ce livre n'existait pas, qu'il n'avait jamais été traduit, j'ai eu de la chance. C'était quelques jours à peine avant le camp d'été, dans une minuscule librairie *antykwariat* spécialisée dans les ouvrages d'art et d'histoire, tenue par un homme qui aurait pu être l'ami de ceux du bar. Il m'a adressé un regard lourd de sens, presque amusé, est parti dans l'arrière-boutique et en a rapporté un paquet enveloppé de papier brun.

Quand il a fallu préparer mon bagage pour le camp, j'ai arraché la couverture du livre et j'ai soigneusement collé les pages dans une autre reliure, enfouie au fond de mon sac.

Notre car est arrivé en fin d'après-midi, alors que le soleil faiblissait mais ne déclinait pas encore. Le camp se trouvait à l'extérieur d'un village, entouré de clôtures basses en bois et longé d'un côté par une petite rivière. Le car s'est arrêté devant le bâtiment principal, un large bungalow en béton dont la façade arborait une horloge et un ensemble de drapeaux pendant mollement (rouge et blanc, faucille et marteau). Un petit homme trapu en uniforme nous contemplait de ses petits yeux attentifs tandis que nous descendions du car, légèrement groggy, secoués par le trajet.

— Je suis le camarade-leader Belka, a-t-il tonné, nous ordonnant de nous aligner devant lui.

Il y avait quelque chose d'impérieux dans sa voix, d'à la fois las et furieux dans ses manières. C'étaient la même fureur et la même lassitude que j'avais remarquées chez mes professeurs, ceux qui luttaient pour croire au système tout en punissant les autres qui tentaient d'y parvenir.

— Bienvenue au camp d'éducation par le travail, a lancé Belka en faisant les cent pas devant la rangée que nous avions formée. Je vous félicite, vous qui vous êtes portés volontaires pour accomplir ce service essentiel.

Les visages restaient impassibles, mais l'ironie de ses propos n'aurait pu échapper à personne. Le camp était obligatoire – personne ne pouvait obtenir de diplôme sans y avoir participé. Il a continué son discours, vantant l'importance des travaux agricoles, le rôle des travailleurs dans notre lutte socialiste, et le devoir qu'avaient même les « intellectuels » (mot prononcé avec une grimace) de contribuer aux efforts de la mère patrie. L'obéissance était la clé, a-t-il affirmé.

C'était le même laïus que nous entendions depuis toujours, ressassé avec plus ou moins de conviction. J'ai tourné la tête et cherché des yeux Karolina, mais au lieu d'elle je suis tombé sur toi. Je ne t'avais jamais vu auparavant, du moins pas consciemment. Pourtant, mon esprit a éprouvé un étrange soulagement, comme s'il avait reconnu quelqu'un. Tu étais aussi grand que moi, large d'épaules, et tu avais les yeux clairs, contrastant avec tes cheveux noirs. Tu regardais Belka d'un air concentré, et j'ai pris un moment pour te contempler, sans réfléchir, m'oubliant. Comme par instinct, ainsi qu'un animal qui a soudain conscience d'être observé, tu as tourné la tête vers moi, et avant que j'aie pu diriger ailleurs mon regard, nos yeux se sont rencontrés, fascinés pendant un instant infini, interminable. Un éclair de chaleur est monté de mon estomac vers mes joues, mes pensées s'emmêlaient comme une pelote de ficelle. J'ai détourné la tête aussi vite que j'ai pu. Pendant le reste du discours, je n'ai plus regardé que le camarade-leader, mon esprit cherchant à se calmer, trébuchant sur lui-même.

Quand Belka s'est tu, nous avons pris nos sacs dans le car et les différentes cabanes en bois éparpillées à travers le camp nous ont été attribuées. J'étais logé avec trois autres garçons, Wojtek, Darek et Filip. Ils étaient sympathiques, étrangement immatures et innocents. Nous partagions des lits superposés, une table et deux chaises. Nous sommes allés dîner à la cantine, servis par une armée de femmes portant tablier et charlotte en papier aplatie, debout derrière le comptoir comme si on les avait laissées là bien des années auparavant. Une grosse dame au visage immobile servait la soupe de tomate au riz, tandis qu'une fille sans âge à la peau rougeaude empilait dans nos assiettes de la purée de betteraves et des pommes de terre. Je me suis assis avec Karolina et les garçons de ma cabane. Ils parlaient avec aisance et plaisantaient volontiers. Mais je n'étais pas vraiment avec eux. J'ai parcouru des yeux la salle, le long des tables et à travers le brouhaha de voix et de couverts, jusqu'au moment où je t'ai trouvé : assis à l'autre bout de la pièce, en grande conversation avec une fille, la tête tournée vers elle. Sous les néons blancs de la cantine, tes cheveux noirs brillaient, et il y avait en toi quelque chose de curieusement ardent, quelque chose de léger et pourtant inflexible dans ton regard, qui suscitait en moi à la fois l'envie et le désir. C'était comme si ta présence m'accablait déjà, comme une prophétie que j'étais incapable de déchiffrer.

Cette nuit-là, je suis resté éveillé dans mon lit alors que les autres dormaient profondément autour de moi, la lune se répandant par le rideau à moitié tiré. Des souvenirs tranchants frappaient à la porte de ma conscience, et j'ai reçu la visite d'un vieux cauchemar que j'avais souvent fait enfant, qui s'était abattu sur moi avec une fréquence cruelle avant et après le départ de Beniek.

Dans ce rêve, je me trouvais dans un immense champ envahi par les herbes folles. Tout était immobile, comme pétrifié, et il régnait un silence écrasant. Il n'y avait personne – pas seulement près de moi ou à portée de voix, mais nulle part. Avec la logique inexplicable des rêves, j'étais convaincu d'être seul en ce monde, dernier membre d'une espèce oubliée. En contemplant les environs, je me suis mis à voir des pierres rectangulaires qui sortaient de l'herbe. Elles étaient lisses et nues, et j'ai su que c'étaient des tombes. Elles me regardaient. Leur silence faisait battre mon cœur à toute allure ; bien qu'immobile, j'éprouvais une sensation de chute infinie. Tout cela semblait incontestablement réel, non pas comme un rêve mais comme une prémonition. Au réveil, je me sentais profané. Dehors, dans la nuit noire, le vent agitait la branche d'un marronnier qui raclait ma fenêtre comme un monstre demandant à entrer, et sans réfléchir je sortais de mon lit et je traversais le plancher froid sur la pointe des pieds, vers la chambre de ma mère. Nous nous rendormions ensemble, elle derrière moi, ses bras enveloppant mon ventre, son haleine chaude au-dessus de ma tête, nos deux respirations à l'unisson, la petite et la grande, inspirant et expirant jusqu'au matin, où l'obscurité disparaissait et où Grand-Mère venait nous secouer, nous grondant alors que nous nous frottions les yeux pour chasser la poussière du sommeil.

— Ça n'est pas bien, que vous soyez si proches, tous les deux, a-t-elle dit un matin en nous réveillant. Que devient un homme s'il dort dans le même lit que sa mère seule ?

Sa voix avait un caractère râpeux directement lié à sa gorge épineuse.

— Maman, il a fait un cauchemar. Et ce n'est pas un homme, ce n'est encore qu'un enfant, a répondu ma mère en se redressant et en me libérant de son étreinte.

Le visage de ma grand-mère a conservé son expression amère.

— Il grandit, Małgosia, même si tu penses que c'est encore un petit garçon. Et sans homme dans la maison pour lui apprendre la vie, dans cette maison de *babas*, qui sait quelle mauviette il deviendra ?

— Tu pourrais éviter de toujours tout ramener aux hommes ? a demandé ma mère.

— Je ne suis pas une mauviette ! ai-je crié, debout sur le lit. Et Maman n'a pas besoin d'un autre homme. Je suis capable de m'occuper d'elle.

— Et quand tu t'en iras et que tu te marieras ? a demandé Grand-Mère, d'une voix soudain perçante et agressive, comme si elle m'imitait. Qu'est-ce que Maman fera, ce jour-là, hein ? Elle sera toute seule ?

— Je ne me marierai jamais. Je le jure. Jamais je ne quitterai Maman.

— Tu vois ce que je veux dire ? a poursuivi Grand-Mère en regardant ma mère. Tu vois ce que tu en fais ? *Un anormal.*

— Je ne suis pas anormal !

Après ce hurlement, je me suis effondré sur le lit, les poings serrés sur l'édredon de ma mère. La honte vibrait dans ces mots, comme un serpent ondulant sous une couche de feuilles. Certaines nuits, quand le désir croissant et malvenu m'empêchait de dormir, je cédais au courant. Je me laissais entraîner par les fantasmes cachés, je prêtais l'oreille à leur murmure, qui décrivait les garçons et leur corps, les formes dures de leur blancheur, l'odeur de sueur, de musc et de peau. Des moments du cours d'éducation physique remontaient à la surface : des cuisses en short, des aisselles en maillot sans manches ; Henryk, le plus fort de la classe, se tenant aux anneaux de gymnastique gainés de cuir, suspendu au-dessus de nous tous dans le gymnase, contractant ses biceps, les poils noirs de ses aisselles contrastant avec sa peau, des veines précoces courant tout le long de ses bras, la bosse dans son short blanc court… Des images des vestiaires, les douches que nous prenions ensuite – l'eau ruisselant sur le dos, sur la poitrine et dans le nombril des garçons, jusqu'à la forteresse de leur bite, vers laquelle j'osais seulement porter un regard furtif et qui s'imprimait malgré moi dans mon esprit.

Quand j'avais terminé, une fois mon corps déchargé, je chassais ces pensées, loin dans les recoins de mon cerveau. Et pourtant je me réveillais avec les mêmes images fixées dans ma tête, comme des mouches attrapées par un ruban collant. Des années de désir comprimé comme un muscle à la pulsation impitoyable. J'étais comme une flamme laissée allumée sans raison sur la gazinière.

Un jour, après l'école, juste avant mon examen final, comme je n'en pouvais plus, je ne suis pas rentré tout droit à la maison ; je me suis promené seul dans la ville, sentant le monde très loin de moi. J'ai marché sans savoir où j'allais, saisissant les bribes de conversation de couples d'amoureux en costume-cravate/jupe-chemisier, bien coiffés, l'homme tenant le manteau de la femme et hasardant une plaisanterie dont il attendait l'approbation ; j'ai croisé des groupes d'écolières en uniforme, longue jupe bleue et chaussettes blanches tirées jusqu'aux genoux, qui marchaient par deux, leur natte pendant comme une queue dans leur dos ; des groupes silencieux de fumeurs au visage violacé, assis sur des bancs et buvant au goulot de bouteilles sans étiquette. La ville était sale et abîmée, la suie et les années incrustées dans les façades, rien de propre et rien de clair, rien qu'un monde d'occasion, crasseux. J'avais l'impression que je ne pourrais jamais fuir, me fuir moi-même, fuir tout cela. J'ai marché, marché, j'avais mal aux jambes et aux pieds, et c'était la seule chose qui m'apaisait un peu.

De l'autre côté du fleuve, le soleil se couchait sur les tours brisées de la cathédrale. Les magasins commençaient à fermer, des hommes et des femmes aux chaussures noires sortaient des bâtiments avec précipitation pour aller attendre l'autobus. Je ne voulais pas rentrer à la maison. Arrivé près du vieux marché couvert, d'où les femmes sortaient avec leurs cabas remplis de légumes et de pain, je suis entré et j'ai vu les commerçants qui remballaient leur marchandise. À l'étage, j'ai cheminé sur les passerelles de fer, entre les petits stands, sous les pentes abruptes de l'énorme toit, avec ses lampes et ses ascenseurs métalliques. Dans une boutique, un vieil homme se tenait derrière le comptoir, ses cheveux blancs soigneusement plaqués sur son crâne. Une unique ampoule électrique pendait du plafond, tout près de son visage, et quelque chose m'a poussé à entrer. Sur les étagères derrière lui étaient rangées des bouteilles sans étiquette. « Un litre », ai-je demandé. Il m'a toisé avec une vague curiosité, puis a attrapé une bouteille. Je l'ai payé avec mon argent de poche.

J'ai caché la bouteille dans mon manteau alors que je me dirigeais vers le parc Staromiejski, proche du fleuve. C'était là qu'allaient les « invertis », tout le monde le savait. J'ai trouvé un banc à l'extérieur et j'ai regardé les mères et les couples s'en aller alors que la nuit tombait, tout en buvant des rasades qui me brûlaient la bouche et la gorge, qui me brûlaient en descendant en moi. Le soulagement succédait à la douleur.

Quand je me suis senti assez puissant et embrumé, j'ai pénétré dans la gueule sombre du parc. Il m'a d'abord paru désert. Malgré tout, je me suis mis à frissonner, troublé par la peur et le possible.

Je me suis installé sur un banc qui tournait le dos au fleuve, éclairé par un pâle clair de lune. Je sentais tous mes membres trembler, mes genoux tressauter par eux-mêmes. J'ai repris quelques rasades et j'ai contemplé les environs, mes yeux s'accommodant à l'obscurité. Un homme est apparu sur le chemin. Il s'est approché lentement et s'est assis à côté de moi. Je n'osais pas regarder son visage. D'une voix douce et sèche, il m'a demandé quel âge j'avais.

— Dix-huit ans, ai-je menti.

J'ai deviné qu'il hochait la tête.

— Tu es joli garçon. Qu'est-ce que tu fais ici la nuit ?

Je savais que je tremblais encore. Il a posé sa main sur mon genou, pour calmer mon corps.

— Tu es nerveux, non ?

J'ai acquiescé, rassuré par ce contact, et j'ai enfin osé tourner les yeux vers lui. J'ai aussitôt été frappé : il était vieux, il aurait pu être mon père, et son visage était usé, comme si la vie avait déjà emporté ce qu'il avait de meilleur, ne laissant qu'une cosse vide. Cependant, j'aimais sentir sa main sur moi. Il a tiré une flasque de la poche intérieure de sa veste et me l'a tendue. J'ai bu une gorgée, le goulot avait l'odeur de l'homme, et sans le vouloir, je l'ai imaginé nu au-dessus de moi. La force de cette possibilité m'a enivré en même temps que l'alcool me brûlait la gorge.

— Viens, a-t-il dit en me reprenant la flasque et en laissant sa main remonter ma cuisse. Partons, nous serons mieux dans un endroit plus tranquille.

Il s'est levé sans attendre ma réaction, et je l'ai suivi. Je l'ai suivi dans l'obscurité complète, vers un trou dans les buissons, si noir que je me croyais aveugle. Mes pas étaient hésitants. À un moment il s'est arrêté, je me suis cogné contre lui, et nous nous sommes soudain retrouvés face à face. L'obscurité me réconfortait, comme si nous nous étions fondus dans la nuit, comme si rien de ce qui allait arriver ne serait totalement réel. Il a commencé à me caresser le cou, de ses doigts rêches et calleux, son haleine piquante sur mon visage. Mon cœur menaçait de me percer la poitrine. D'une main hâtive mais experte, il a détaché ma ceinture et a sorti ma bite, qui a apprécié le contact des doigts inconnus et de l'air estival. Il s'est agenouillé, devenant invisible, et m'a enveloppé dans la grotte chaude de sa bouche. C'était la meilleure des sensations. J'avais l'impression de glisser dans un tunnel, ou que le tunnel me traversait. La tête rejetée en arrière, j'ai vu les étoiles dans le ciel. Puis j'ai entendu qu'il ouvrait sa fermeture Éclair et j'ai deviné qu'il se masturbait, ses mouvements rapides et insistants m'excitaient. Et alors que nous continuions ainsi, lui haletant et moi hoquetant, l'urgence et l'horreur ont surgi en moi comme une chaleur, comme un cri irrépressible, qui montait, poussait, s'emparait de moi, jusqu'à ce que les lumières s'éteignent : j'ai fermé les yeux et j'ai explosé dans sa bouche, la chaleur et l'humidité se rencontrant en un terrible soulagement.

J'avais envie de rentrer tout de suite en courant, je savais que je devais m'en aller, et je me suis souvenu de Grand-Mère, qui devait être morte d'inquiétude. Mais je ne l'ai pas fait. Parce que après avoir déchargé dans la bouche de cet inconnu, j'ai presque eu le sentiment de n'avoir plus de chez-moi. Quand il a eu terminé avec un grognement sourd, nous nous sommes rhabillés et nous avons regagné le banc où nous nous étions rencontrés de l'autre côté de ma vie. Nous nous sommes mis à parler, nos barrières soudain levées. Il m'a déballé histoire après histoire, et je lui posais sans cesse des questions, je sentais qu'il était de mon devoir de m'instruire. Il m'a raconté sa première fois, dans la forêt avec un fermier de son village. Il m'a dit qu'il avait fait la guerre et qu'il avait failli mourir, qu'il avait été violé par des soldats russes dans un camp de prisonniers. J'ai hoché la tête en disant que j'étais désolé, et je me suis obligé à ne rien ressentir. Je ne pouvais pas laisser sa douleur m'envahir.

— Vous vivez avec votre famille ? ai-je vite demandé.

Il a éclaté de rire. Il habitait seul, a-t-il répondu, dans une unique pièce de l'un de ces grands appartements bourgeois que les Allemands avaient construits du temps où la ville s'appelait encore Breslau, ces mêmes appartements qui étaient désormais en ruine et qui abritaient jusqu'à une douzaine de personnes. Il partageait la cuisine et la salle de bains avec trois familles, chacune occupant une seule pièce. Il venait tous les soirs au parc, a-t-il précisé. Je ne sais pas pourquoi il était si franc avec moi, mais grâce à cela je me suis senti moins seul.

— Et si vous trouviez quelqu'un que vous pourriez… (j'ai hésité) aimer.

Il a grommelé quelque chose et a souri pour la première fois, dévoilant une série de dents grises.

— Quand on est un *ciota*, une pédale, a-t-il fini par dire, on est toujours seul. Et on apprend à l'accepter. Certains ont une femme et des enfants, comme celui que tu as vu passer tout à l'heure, mais ce sont les pires. Ils ont encore plus de mal à se supporter. Au moins je suis libre.

Il a contemplé le parc enténébré, a allumé une cigarette et a exhalé la fumée dans la nuit.

— On donne et on prend de l'amour pour une nuit, peut-être quelques semaines. Pas plus longtemps que ça. Il y a trop de ressentiment. Trop de haine. Quand on est comme ça, on vit pour le plaisir, et on espère ne pas en être empêché par la police. Remarque, ils m'ont arrêté deux ou trois fois, mais j'ai toujours réussi à les embobiner.

Ses paroles m'ont longtemps hanté par la suite. Je lui avais dit mon nom – il m'avait dit le sien, et je pensais lui devoir cela –, mais je n'ai jamais voulu replonger, m'exposer à nouveau à cette tentation sordide. Je ne voulais surtout pas devenir comme lui. Ma plus grande crainte était de finir seul. Pourtant, je savais aussi que je finirais ainsi, et que c'était le pire qui puisse arriver à quiconque. Je savais que je ne pourrais pas le supporter. J'ai décidé de ne plus jamais retourner au parc, de ne plus jamais regarder les garçons en classe, de réformer mes mœurs. Quand je suis rentré à la maison, Grand-Mère est accourue pour me demander où j'étais allé, elle a pleuré, senti l'alcool dans mon haleine, elle m'a giflé et serré dans ses bras. Après cela, j'ai décidé que je ne me laisserais pas reprendre par le mal qu'il y avait en moi.

C'est vers cette époque, ou peu après, que j'ai rencontré Jolka. C'était l'amie d'une amie à l'école, et je savais que je lui plaisais. Je l'avais regardée lors du championnat de gymnastique, et son corps ferme et élancé n'était pas comme celui des autres filles, dont la rondeur et la douceur m'effrayaient. Un soir, lors d'un bal au gymnase, j'ai embrassé sa petite bouche sur une chanson de Maryla Rodowicz, dont la mélancolie emplissait la salle alors que j'essayais de me perdre dans quelque chose qui, je le savais, ne me couvrirait jamais entièrement. Au-dessus de nos têtes étaient suspendus les anneaux de gymnastique, qui répandaient leur odeur de cuir et de sueur.

Cette semaine-là, j'ai pris Jolka par la main et nous nous sommes promenés dans notre rue. Grand-Mère et Maman nous observaient de la fenêtre de la cuisine. Elles rayonnaient de fierté.

*

Le premier matin du camp, ils nous ont réveillés tôt, en faisant irruption dans la cabane et en donnant des coups de sifflet ; nous avons à peine eu le temps de nous brosser les dents dans les douches et de prendre un peu de soupe au lait et de thé à la cantine. Au cours des semaines suivantes, je me suis rendu compte que la cantine sentait toujours le chou et la graisse, quoi que nous mangions, comme si le bâtiment tout entier avait été trempé dans un mélange des deux avant notre arrivée. Tous les jours nous faisions la queue pour obtenir une nourriture dont nous n'avions pas vraiment envie, et qui devint peu à peu la seule que nous connaissions.

Après le petit déjeuner, on nous a donné nos uniformes, short vert et chemise verte, le même pour les garçons et pour les filles. Ils étaient taillés dans un coton raide et rugueux qui me donnait l'impression de porter de la toile à sac. Le soleil matinal était frais sur nos bras et nos cuisses quand nous avons quitté la cabane pour nous rassembler à nouveau devant le bâtiment principal. Le regard du camarade-leader planait au-dessus de nous avec une satisfaction mesquine.

— Pendant les semaines qui viennent, vous allez récolter des betteraves dans les champs là-bas, a-t-il aboyé en désignant un lieu situé au-delà de la clôture du camp.

Il a lu les noms figurant sur une liste et nous a répartis en équipes. Quand on m'a appelé, j'ai rejoint un groupe qui se tenait sur le côté. Je n'ai reconnu personne sauf toi. Mon estomac a fait un bond involontaire. Nous nous sommes tous présentés les uns aux autres, et quand ton tour est venu, tu m'as serré la main – la tienne était charnue, grande et chaleureuse – et tu as prononcé ton nom de cette voix grave et distincte qui traduisait une assurance naturelle. J'ai eu beaucoup de mal à répondre. Ton visage était large et solide, bien construit, avec des pommettes hautes comme des avant-postes protégeant tes yeux, étroits et d'un bleu-gris intense.

— Enchanté, as-tu dit. Je m'appelle Janusz.

*Janusz*. Deux syllabes qui s'élèvent et retombent, qui se suivent de façon logique, presque inévitable, et dont les sons réunis sont si familiers, si naturels, que le sens de chacun m'est resté caché jusqu'à des années plus tard : *Ja* signifie « je » dans notre langue, et *nusz* ressemble beaucoup au mot « couteau ».

Le sifflet du camarade-leader a crissé dans l'air alors qu'il nous indiquait nos destinations à grand renfort de gesticulations. Je me suis laissé entraîner alors que les groupes se mettaient en marche, attristé et soulagé de te voir marcher en avant. Nous nous sommes à nouveau réunis dans l'immense champ qui semblait sans fin et nous avons regardé le camarade-leader et un fermier du village, homme au visage rouge, portant un pantalon de laine et une vieille chemise aux manches retroussées, nous montrer comment déterrer les betteraves : il fallait creuser la terre autour d'elles avec nos mains, saisir l'endroit où les feuilles rejoignent le bulbe, tirer très fort pour arracher la plante avec ses racines. Chaque groupe s'est vu attribuer une partie du champ, ainsi que des paniers et des gants. Nous avions de neuf heures du matin à cinq heures chaque soir pour atteindre nos quotas.

— Et ne lambinez pas, camarades ! a crié Belka en tâchant de nous regarder tous à la fois. Je patrouillerai dans les champs.

Toute l'opération me semblait étrangère, et quand nous nous sommes mis au travail, j'ai eu la sensation que mon corps était une structure métallique, lourde et rigide. Je devais m'agenouiller dans la terre brune pour attraper les betteraves, et j'avais l'esprit agité. Tu te trouvais au premier rang, comme pour nous guider, tu avais des gestes souples, les jambes pliées et le dos droit. Le fonctionnement des muscles de tes jambes était visible sous la peau, les tendons se contractaient comme des cordons que l'on tire, les veines couraient le long de tes avant-bras et confluaient comme des rivières sur une carte. Tes mains étaient fortes et massives, ongles carrés et doigts épais comme des manches de tournevis. Ce ne sont pas des mains de la ville, me suis-je dit.

Au bout d'un moment, mon corps est devenu douloureux, mais en te voyant ainsi j'ai eu le courage de poursuivre. Le soleil brillait de plus en plus, projetant sa chaleur sur nos bras, nos jambes et nos nuques. À mesure que nous progressions, la sueur a commencé à se former – des gouttes discrètes d'abord, ici et là, sur le front et au bout de notre colonne vertébrale, puis, tandis que nous continuions, de petits ruisseaux qui serpentaient, alimentés par notre mouvement. J'ai persisté, éprouvant la souffrance dans mon corps, mais sentant aussi qu'il commençait à céder. J'étais surpris par l'énergie tapie derrière l'inconfort. Le rythme m'obligeait à avancer, le contact de la terre et des plantes m'hypnotisait. L'odeur était humide, âcre et fraîche. Elle me faisait penser au jardin de la tante Marysia, à la sortie de Wrocław, avec ses buissons à baies et ses arbres fruitiers, ses endroits où l'on pouvait se cacher, et au-delà de sa clôture rien d'autre que des champs. Je n'y avais plus repensé depuis des années. Quand j'étais enfant, Maman m'y emmenait et je jouais tout seul pendant des heures, je creusais, je découvrais des vers et des insectes, je tenais la terre dans ma main, elle s'écroulait entre mes doigts, j'essayais de la manger.

Dans le champ, je travaillais avec la terre, je m'y oubliais. Plus loin, d'autres groupes étaient également penchés sur les betteraves, respirant avec effort, sous le grand ciel ouvert. Nous avons marqué une pause pour le déjeuner, ensuite nous avons fait la sieste dans nos cabanes pendant une heure, puis nous sommes repartis au travail, le soleil désormais moins brûlant, nos corps plus frais. Lorsque nous eûmes travaillé plus qu'assez, le sifflet du camarade-leader a retenti à travers le champ pour marquer la fin de la journée. J'avais mal à des endroits dont je n'avais encore jamais été conscient, je me suis couché épuisé et j'ai dormi plus profondément que je ne l'avais fait depuis mon enfance.

*

Je me suis habitué à te voir, mais nous ne nous parlions jamais. Lors des pauses, le groupe se reposait à l'ombre d'une cabane au bord du champ, tu fumais avec d'autres garçons, et moi je bavardais avec les filles. Mais pas avec toi. Je t'évitais, pour que tu ne puisses pas m'éviter. Je ne voulais pas être dans ton champ d'attraction. Je t'enviais ta légèreté et la beauté que tu assumais avec tant d'aisance.

À l'heure des repas, je m'asseyais avec Karolina et Beata, une amie de la fac. Elle était petite, avait le visage rond et la poitrine généreuse, elle était prompte à rire et à s'effrayer. Elle nous a confié qu'elle allait se marier aussitôt après la fin du camp, à un type d'un an plus jeune.

— Tu n'es pas enceinte, j'espère ? a demandé Karolina d'un air inquiet.

— Mon Dieu, non ! s'est écriée Beata en rosissant un peu.

— Parce que tu sais qu'on ne peut pas se fier aux capotes, a dit Karolina en feignant de ne pas remarquer que Beata s'empourprait. Il y a de vieilles harpies dans les magasins qui les percent avec des aiguilles minuscules et qui te les vendent comme ça. Elles ne supportent pas qu'on s'amuse. Donc il vaut beaucoup mieux prendre la pilule. Si tu veux, je t'emmènerai voir mon médecin. C'est une femme et elle ne te demandera pas si tu es mariée.

Maintenant rouge comme une betterave, Beata a secoué la tête.

— Nous ne sortons ensemble que depuis six mois, a-t-elle chuchoté en regardant son assiette. Mais le Bureau offre des appartements en priorité aux couples mariés. J'en ai marre de vivre chez mes parents.

— Ma chérie, ça risque de prendre un temps fou, a dit Karolina en s'efforçant de ne pas paraître trop négative. Deux ans ou plus. Mais tu auras peut-être de la chance.

Pendant qu'elles discutaient, je t'observais à l'autre bout de la salle, assis avec la même fille que la veille. Elle portait une veste en jean, neuve et d'un bleu éclatant, comme on ne pouvait en acheter qu'en dollars dans les magasins Pewex tenus par le gouvernement. Je la dévisageais, sidéré. Elle n'était pas exactement jolie, pas au premier coup d'œil, avec ses cheveux raides séparés par une banale raie au milieu. Mais elle avait quelque chose de très cool, elle était très sûre d'elle, dans la façon dont elle se tenait et dont elle te souriait quand tu parlais. À côté d'elle était assis Maksio Karowski, un grand gaillard connu pour être le fils d'un haut responsable du Parti et parce qu'il tentait de séduire presque toutes les filles (et qu'il y parvenait en général).

*

Certains soirs, après le travail, nous allions au village le plus proche du camp, Karolina, Beata et moi. Nous nous installions sur un banc de la place, sous des arbres fruitiers, face à une église en bois, et nous regardions passer les vieux couples, les femmes avec un foulard fleuri couvrant leurs cheveux, les hommes avec leur canne, leur chapeau et leur visage aussi usé que leurs chaussures. Nous entrions dans l'unique magasin du village voir s'ils avaient des cigarettes ou du soda (le plus souvent ils n'en avaient pas). Beata chuchotait que c'était un signe d'effondrement imminent de l'économie, et Karolina éclatait de rire.

— L'économie s'effondre depuis que nous sommes nés, a-t-elle dit un soir, ses lèvres maquillées s'écartant pour révéler ses grosses dents. Gierek, notre cher président du Parti, a emprunté tellement d'argent à l'Occident que même nos petits-enfants seront incapables de payer nos dettes. Mais avant qu'il ne se passe réellement quelque chose, c'est moi qui vais m'effondrer, d'ennui provoqué par la campagne.

Elle a allumé une cigarette de la grande ville, en a tiré une bouffée et a laissé la fumée s'échapper par ses narines.

La cloche de l'église a sonné, et une nuée d'hirondelles s'est mise à pourchasser des insectes invisibles dans la lumière déclinante. J'ai commencé à réfléchir à ce que j'allais faire de moi après l'été. Des années auparavant, les enfants avec lesquels je jouais devant notre appartement avaient trouvé du travail dans des usines, des magasins, dans les bus ou dans les mines, pendant que j'étais parti étudier dans la capitale. Le travail semblait le début de la fin, tandis que l'université était un prolongement de la jeunesse. Les études m'avaient plu, malgré les restrictions – nous ne pouvions pas lire ce que nous voulions et nous étions censés déceler la décadence du capitalisme dans tous les textes occidentaux, même si la plupart des professeurs faisaient à peine mine de se soucier du Parti. Maintenant que j'avais terminé, je n'avais aucune idée de ce qui allait venir ensuite. Un de mes professeurs de littérature s'était pris d'amitié pour moi et avait évoqué la possibilité d'un doctorat. Pourtant je le soupçonnais de vouloir me faire étudier un sujet idiot, quelque chose d'utile politiquement, avec lequel je resterais coincé pendant des années. Et je savais que je ne supporterais pas d'enseigner. Pas avec un salaire minable pendant une carrière entière, pas avec les vérités simples que tout le monde connaissait, notre aspiration au confort occidental, notre haine des Soviétiques, qu'il ne fallait pas exprimer sous peine de licenciement.

En ce temps-là, je n'avais aucune idée d'où j'allais, et le travail au camp ne semblait guère offrir d'issue. Le soleil était sans pitié et mon corps se révoltait contre l'effort, il refusait de transpirer. Quand je creusais la terre pour tirer sur les betteraves, mes pensées repartaient vers toi, vers le bar où Karolina m'avait emmené, vers le vide s'étendant devant moi. Je luttais contre elles (les pensées, les betteraves), je combattais leur opiniâtreté, leur endurance. Je me battais contre elles et elles se battaient contre moi, jusqu'à ce que je les arrache et que la suivante se présente. Désormais j'étais plus rapide, plus fort. Je n'avais plus à m'agenouiller dans la terre. Je me tenais debout comme toi, les genoux pliés et le dos droit. Mais cela restait une lutte ; le vrai combat ne m'opposait pas à la terre ou aux légumes. Lentement, très lentement, j'ai trouvé un rythme. J'ai cessé de me battre. J'ai cessé de penser. Un jour, alors que je travaillais ainsi, la sueur a commencé à se libérer. J'ai permis l'union de la terre et de mon corps, j'ai lâché prise, et pour la première fois de ma vie, j'ai apprécié toutes les choses pour ce qu'elles étaient, j'en ai observé le miracle. La terre parce qu'elle était la terre, mes mains parce qu'elles étaient mes mains, les plantes parce qu'elles naissaient de graines, et les autres autour de moi, tous les gens, avec leurs propres droits, leurs rêves et leur univers intérieur. La sueur coulait de mon corps plus que jamais, elle arrosait mon visage, elle se répandait dans mes yeux à travers mes sourcils, elle m'inondait le cou et dégringolait dans mon dos comme un déluge, et j'acceptais ce cadeau. C'était comme si la sueur avait emporté le passé, toutes les pensées et les craintes concernant l'avenir ; il ne restait que l'instant présent, propre et lumineux, en sa danse perpétuelle.

Ce soir-là, je suis parti me promener seul. Il faisait doux. J'ai franchi la clôture, j'ai dépassé le champ de betteraves, jusqu'à une petite rivière. Des pavots rouges et jaunes poussaient sur la rive, et de hautes herbes s'agitaient dans la brise. Le murmure de l'eau m'a apaisé, s'entrelaçant à mon inconscient. J'ai continué à marcher. Sur l'autre berge, un lièvre courait à travers un champ ; il s'est arrêté en me voyant, ses oreilles dressées comme des fougères de fourrure, son nez minuscule se fronçant. Nous sommes restés là tous les deux immobiles, chacun à jauger l'autre. Finalement, il a tourné la tête et s'est éloigné en sautillant.

Ça m'a fait du bien, cette promenade. Ça m'a rappelé mes vagabondages à Wrocław, quand je ne supportais plus de me trouver dans le même espace que Grand-Mère ou à l'école. Il n'y avait nulle part où je pouvais être sans les autres, sans devoir agir ou interagir. Même quand je faisais le tour du pâté de maisons, les voisins me saluaient et formulaient des commentaires. Parfois, je prenais le tram pour traverser la ville. Je descendais au terminus, dans un quartier où personne ne me connaissait, et je m'égarais sans réfléchir, en contemplant ces rues, ces maisons, ces individus inconnus, je me sentais libre et anonyme. Comme un morceau de papier où rien n'était écrit. J'avais oublié ce plaisir, mais là, au bord de l'eau, alors que les champs s'étendaient devant moi et le camp derrière moi, un peu de cette liberté m'est revenue. L'eau était claire et je voyais au fond le lit de galets, la boue brun clair et les petits poissons nageant en tous sens.

J'ai continué sans me demander où j'allais, jusqu'au moment où je me suis arrêté sans trop savoir pourquoi. Il y avait quelque chose de gros qui bougeait dans l'eau. Quelqu'un nageait. L'arrière d'un crâne, avec des cheveux noirs plaqués dessus, s'éloignait de moi et je l'observais, je le voyais sans être vu. Des épaules larges, une musculature dorsale nerveuse qui se déplaçait en un crawl rapide et assuré, la tête ne sortant de l'eau pour respirer que toutes les deux ou trois brasses. Avant que je le sache, la silhouette s'était retournée et s'était mise à nager dans ma direction. Elle se rapprochait à chaque mouvement. J'avais le soleil derrière moi et mon ombre longue se projetait sur l'eau. Dès que la silhouette est entrée dans cette zone sombre, elle s'est arrêtée et a relevé la tête.

Tu t'es essuyé les yeux avec le revers de la main et tu t'es dressé dans l'eau, qui ne t'arrivait qu'à la taille.

— Bonjour, as-tu dit, d'un air de ne pas savoir qui j'étais.

Des filets d'eau ruisselaient sur ton torse. Ton corps était mince et fort, ta poitrine et ton ventre soulignés par des lignes et des divisions, selon leurs propres lois de gravité.

— Bonjour, ai-je répondu, partagé entre l'envie de m'enfuir et l'envie de te regarder.

Tu as plissé les yeux et tu as placé ta paume contre ton front pour les protéger du soleil.

— Tu es de notre groupe, non ?

J'ai hoché la tête.

— Moi c'est Janusz, as-tu dit avec un sourire détendu.

Tu avais l'air très à l'aise, presque offensif. C'est moi qui me sentais nu.

— Ne t'arrête pas pour moi, je ne voulais pas te déranger.

Là-dessus, j'ai tourné les talons.

— Et toi ?

Je suis revenu vers lui :

— Quoi, moi ?

Tu as ri. C'était un son clair et joyeux, assuré et contagieux.

— Tu es dans la lune ? Je te demande ton nom !

J'ai éclaté de rire à mon tour, et j'ai su que je rougissais.

— Je m'appelle Ludwik. Ludwik Głowacki.

J'ai été frappé de constater à quel point mon nom comptait peu pour moi, combien il était absurde dans sa tentative de vouloir contenir ma personnalité.

Tu as acquiescé.

— C'est bien de faire un peu mieux connaissance. Tu ne veux pas te baigner ? (Tes bras se sont agités dans l'eau.) Elle est parfaite.

— Merci. Je ne nage pas vraiment.

Tu m'as regardé d'un drôle d'air.

— Tu ne sais pas nager ?

J'ai secoué la tête.

— Non, ce n'est pas ça. Je n'aime pas, simplement.

— Même par cette chaleur ? Pourquoi pas ?

Tu as éclaté d'un rire incrédule, ton sourire moqueur et charmant.

J'ai haussé les épaules et reculé de quelques pas.

— Peut-être un autre jour.

— OK, as-tu dit. Un autre jour. Je suis ici presque tous les soirs.

— À la prochaine, alors, ai-je conclu en m'éloignant.

Au bout de quelques enjambées, je me suis retourné malgré moi. Ton corps glissait à travers l'eau, laissant un sillage de rides à sa surface.

*

Le lendemain, je t'ai vu plus clairement qu'auparavant, comme si tu étais dessiné par-dessus l'arrière-plan que formaient les autres. Je me suis autorisé à te contempler, je t'ai regardé au travail et quand tu parlais avec les gens à ta table, surtout la fille aux cheveux noirs qui portait des vêtements occidentaux. Il y avait une élégance inhérente à ta façon d'être, tu étais à l'aise avec toi-même et avec le monde, comme si aucune crainte n'avait jamais pénétré ton esprit, comme si le chemin sur lequel tu marchais était docile et prêt à se laisser modeler par tes pieds. Pourtant nous ne nous sommes pas parlé, nous ne nous sommes pas salués, à part d'un petit hochement de tête et d'un petit sourire entendu que tu m'as adressé dans la journée. À part ça, notre rencontre avait eu lieu hors champ, hors des clous.

Ce soir-là, je suis revenu au même endroit de la rivière mais tu n'y étais pas. Alors je me suis allongé dans l'herbe pour contempler le ciel et écouter l'eau. Je me demandais si tu m'évitais, ou si ton absence pouvait signifier autre chose. Puis j'ai senti un mouvement, une présence à proximité, et je me suis levé. Là, dans les hautes herbes, un corps était étendu à terre, presque caché. Je me suis approché sans bruit. Tu étais couché sur le dos, une main sous la tête, l'autre sur le ventre. Les yeux fermés. La main posée sur ton estomac se soulevait et retombait au rythme lent et régulier de ta respiration, le T-shirt légèrement retroussé, dévoilant ton ventre bronzé et la ligne de poils fins qui descendait. Je suis resté un moment pétrifié, à te contempler, craignant que tu ne t'éveilles et me voies ainsi. Tes longs cils. Les belles veines sur tes bras. Tout ce que je voulais, c'était absorber ce spectacle. Tu as ouvert tes yeux bleu-gris et brillants. Tu m'as regardé et mon cœur a cessé un instant de battre.

— Salut.

Ta voix endormie.

— Salut. Je t'ai réveillé ?

J'ai reculé de quelques pas, je sentais que je n'étais pas à ma place.

Tu t'es redressé sur les coudes, tu as vigoureusement fermé les yeux avant de les rouvrir.

— Je crois bien. Et c'est une bonne chose. J'aurais dormi jusqu'à demain matin. (Tu t'es passé les mains sur le visage, en bâillant, puis tu t'es tourné vers moi comme si tu me remarquais vraiment pour la première fois.) Donc tu es venu. (Tu as souri.) Tu veux apprendre à nager, finalement ?

— Je t'ai dit que je sais nager.

Tu t'es levé et tu as enlevé ton T-shirt, tu as couru te jeter dans la rivière.

— Alors prouve-le ! as-tu crié en refaisant surface, la tête noire et mouillée.

— Non. C'est pas si facile.

— Allez ! Rien que les pieds, si tu veux. Tu verras comme l'eau est bonne.

Tu m'as fait signe de te rejoindre. Je me suis avancé au bord de la rivière, où tu m'attendais avec impatience, et j'ai observé la surface. Elle était transparente, avec des algues vertes, scintillantes, qui ondulaient dans le courant comme du blé sous le vent. Tes yeux disaient « Viens », et j'y suis entré. Une boue lisse et douce s'est enfoncée sous la plante de mes pieds, mes chevilles enveloppées de fraîcheur.

— Tu vois tout ce que tu as manqué ? as-tu dit.

Tu m'as regardé, sourire aux lèvres. La lumière de la fin d'après-midi dansait sur l'eau et se reflétait sur ton visage comme une caresse. Incapable de te répondre, j'ai seulement pu hocher la tête. J'avais l'estomac noué et léger. Tu as voulu que je m'immerge entièrement, mais j'ai dit non. Mon refus t'a fait rire et m'a mis encore plus mal à l'aise.

— Avant la fin du camp, tu nageras ici sans la moindre hésitation, as-tu déclaré, avant de plonger et de me laisser debout tout habillé, l'eau jusqu'à mes genoux.

Je suis sorti de la rivière et me suis assis sur la berge pour te regarder nager. Le ciel devenait d'un bleu plus sombre. Je ne savais pas exactement ce que je faisais là, mais je savais que je n'avais pas envie de partir. Enfin, tu as émergé, l'eau ruisselait sur ton corps, les cheveux plaqués sur ta tête, me frappant par la réalité de ta présence.

— Mais pourquoi viens-tu ici, de toute façon ? ai-je demandé alors que tu te séchais, en essayant de ne pas te dévisager. Pourquoi n'es-tu pas avec tes amis ?

Tu as éclaté de ton rire léger.

— Quels amis ?

J'ai haussé les épaules, en tâchant de ne pas rougir.

— Je te vois toujours assis avec les mêmes gens à la cantine.

— Ah oui ? (Ton sourire est devenu taquin. Puis, à mon grand soulagement et à mon grand désarroi, tu as enfilé ton T-shirt.) Je ne sais pas, as-tu ajouté, ta tête apparue dans l'encolure du T-shirt. Et toi, pourquoi tu n'es pas avec tes amis ?

— Parce que je trouve ça agréable d'être loin de la foule, par moments, de pouvoir s'entendre penser. Je deviens fou quand je suis entouré de gens tout le temps.

— C'est un peu pareil pour moi, alors, as-tu dit en te retournant pour enlever ton maillot de bain. (Tu m'as montré ton dos et mon pouls s'est mis à battre plus vite. Ton cul était puissant, comme deux grands rochers lisses sculptés par la mer.) Et la natation m'éclaircit les idées, as-tu continué de la même voix en enfilant ton slip. Totalement, comme si c'était mon esprit qui se baignait.

Je t'ai demandé de quoi tu avais besoin de purifier ton esprit tandis que tu enfilais ton pantalon. Tu es revenu face à moi, tes cheveux noirs tombant sur ton front.

— De différentes choses. Du travail. De l'avenir. Et toi ? Qu'est-ce qui te nettoie la tête ?

— La lecture, ai-je répondu sans avoir besoin de réfléchir.

— Ah ouais ? Qu'est-ce que tu lis de beau en ce moment ?

Je n'osais pas te regarder alors que je cherchais un titre à te conseiller. Le ciel était devenu d'un bleu plus sombre encore, et je me sentais en sécurité dans la lumière déclinante.

— En ce moment, rien. Mais je vais bientôt m'attaquer à un nouveau livre, et je pense qu'il sera vraiment génial.

Je pensais à *La Chambre de Giovanni* caché au fond de mon sac, ses précieuses pages attendant d'être lues.

— C'est quoi, comme bouquin ?

Tu t'es assis à côté de moi. Je t'ai regardé, l'air contenu dans ma gorge soudain lourd et immobile, l'esprit en proie au vertige. Je ne savais pas pourquoi j'avais laissé échapper mon secret, je me suis efforcé de trouver un autre titre à te donner. Le son lointain de la cloche du camp a retenti, nous obligeant tous deux à nous lever. Puis un étrange silence s'est fait entre nous, comme quelque chose qui hésite au bord de l'abîme sans savoir comment tomber.

— C'est l'heure du dîner, as-tu fini par dire. Viens, je meurs de faim.

Nous sommes repartis à travers champs, alors que la nuit tombait. Je me sentais particulièrement proche de toi, et heureux de t'avoir pour moi tout seul, sans autre témoin que le ciel. Je t'ai demandé où tu avais appris à nager si bien, et tu m'as répondu qu'il y avait une rivière pas loin de chez toi, où tu jouais avec tes frères. C'est grâce à eux que tu savais nager.

— Et l'été, nous allions dans les montagnes nager dans les autres rivières.

— Où ?

— Du côté de Rabka. Près des Tatras.

— Un garçon du Sud, ai-je dit en souriant.

Tu as acquiescé.

— Ça ne s'entend pas à mon accent ?

— Maintenant que tu en parles, si.

Certains des mots que tu as prononcés, même plus tard, avaient quelque chose de traînant, tu étirais la dernière syllabe comme si c'était de la pâte malléable.

— Et toi ?

— Wrocław.

— Un garçon de la ville, hein ?

Tes yeux ont brillé dans le noir. Nous venions d'arriver au camp. Nous nous sommes arrêtés devant la cantine, comme si nous en étions convenus au préalable.

— À demain, as-tu dit en posant un moment ta main sur mon épaule avant d'entrer et de me laisser seul à l'extérieur.

Cette nuit-là, j'ai sorti des profondeurs de mon sac *La Chambre de Giovanni* et j'ai commencé à le lire à la lumière d'une lampe torche, une fois que les autres s'étaient endormis. Ce livre m'a épouvanté et rassuré – même les toutes premières pages. La culpabilité du narrateur envers sa fiancée, le désir qu'il ressent pour Giovanni et ses regrets pour tout ce qu'il lui a infligé. Il y avait dans le rythme, la langue, dans le savoir sous-entendu et la sensation de condamnation interne quelque chose qui me parlait directement. Ce n'était pas du divertissement, du dépaysement : c'était un livre qui paraissait avoir été écrit pour moi, qui m'emportait dans son monde pour m'unir à quelque chose qui semblait être là depuis toujours et dont je semblais faire partie. J'avais l'impression que les mots et les pensées du narrateur – malgré leur souffrance, malgré leur tourment – guérissaient un peu de ma souffrance et de mon tourment, par le simple fait de leur existence.

*

J'ai vécu les jours suivants à travers le narrateur, je pensais à sa vie pendant mon travail dans le champ, et tout à coup j'ai su qu'il existait un lieu à moi où je pouvais aller, un lieu entièrement à moi. Dès que le travail était terminé, je me changeais, je prenais le livre et je franchissais la grille, mais pas pour aller où je savais que tu serais. Je voulais être seul un moment. J'ai trouvé un endroit près de la rivière, dans l'autre direction, protégé par des épineux, et c'est là que je m'allongeais sur le dos, pour m'enfoncer dans l'univers de Baldwin.

Un jour, alors que je venais de m'installer pour lire, une ombre a passé sur la page. Je me suis retourné et je t'ai vu debout derrière moi.

— Alors c'est là que tu te caches, as-tu dit en t'asseyant à côté de moi. (Tu as regardé le livre, que j'avais rapidement refermé et posé à terre.) Ça doit vraiment être un très bon bouquin.

Je n'ai rien pu répondre ; je n'ai pu que hocher la tête.

— De quoi ça parle ?

Mon cœur s'est mis à battre plus vite.

— C'est l'histoire d'un garçon, ai-je répondu en tâchant de maîtriser ma voix. D'un Américain qui vit à Paris.

Tu m'as regardé comme si tu attendais la suite.

— Et donc ? Qu'est-ce qu'il fait à Paris ?

— Il… Il essaye de comprendre ce qu'il veut, et quel choix il doit faire.

Tu as regardé la couverture.

— Je peux voir ?

Je te l'ai tendu, et j'ai aussitôt regretté, comme si je t'avais remis quelque chose de lourd et de dangereux.

— Pourquoi il est collé dans une autre couverture ? as-tu demandé, sourcils froncés.

J'ai haussé les épaules.

— C'est un genre de livre interdit, en fait.

À ma surprise, tu as éclaté de rire.

— Je ne te soupçonnais pas d'être un tel rebelle ! (Tu m'as rendu le livre.) Je pourrai le lire quand tu auras fini ?

Mon estomac s'est noué.

— Si tu en as envie.

— Oui, j'en ai envie. Je n'ai jamais lu de livre défendu.

— Ah bon ? (J'ai souri, éprouvant du plaisir, une once de pouvoir.) Je t'aurais soupçonné d'être bien plus rebelle.

*

Je suis étonné d'avoir partagé si vite l'existence de ce livre avec toi. Mais j'ai ressenti une étrange confiance, au bord de la rivière. La façon dont tu me regardais m'a fait comprendre que tu ne jugeais pas. Dans la vie, on ne rencontre pas tant de gens qui nous donnent cette impression. Et pourtant, cette nuit-là, alors que je lisais au lit pendant que les autres dormaient, j'ai eu peur. Peur du trou que j'avais creusé en te faisant confiance, peur de la vulnérabilité ainsi créée. Et plus je lisais, plus j'avais peur : l'immensité de la vérité et les mensonges que je me racontais depuis toutes ces années s'étendaient devant moi, reflétés dans la vie du narrateur, comme si quelqu'un me pointait du doigt, noir sur blanc, ma honte mise en évidence par une lumière froide et claire. Je pouvais l'examiner avec une netteté presque scientifique, et soudain la souffrance du narrateur a cessé d'apaiser la mienne. Sa peur alimentait ma peur. J'étais comme lui, David, partout mal à l'aise, chez moi nulle part, et sans issue possible.

Un soir, en allant dîner, le livre caché sous mon oreiller, la duplicité de ma vie m'a paru irréelle – celui que j'étais à l'intérieur et celui que j'étais aux yeux des autres. Le livre et toi, vous l'aviez fait revenir au premier plan, et j'ai décidé de ne plus jamais être aussi vulnérable, de ne plus jamais ressentir cette panique, de ne plus jamais dépendre de quiconque. J'ai donc évité tes yeux quand tu es passé près de notre table ce soir-là, préférant contempler le bortsch rouge sang. Et je ne suis pas allé à la rivière pendant les jours qui ont suivi. La fin du camp était en vue. Je suis resté dans la cabane, j'ai lu, je t'ai évité, en espérant que les jours s'écouleraient inaperçus et que je pourrais simplement regagner mon ancienne vie. Pendant les pauses, dans le champ, je m'asseyais à l'ombre, adossé aux planches de l'abri à outils ; pendant que tu rejoignais quelques garçons près de la pompe à eau ; tu fumais, tu blaguais avec eux, tu essayais de croiser mon regard. Je faisais semblant de ne rien voir.

L'uniforme avait eu le temps de s'adapter à mon corps, il avait cédé à sa forme, et mon corps s'était adapté à la terre. Nous savions désormais ce que nous faisions, et durant le plus clair de la journée, on n'entendait que le bruit des betteraves tombant dans les paniers. Les montagnes de légumes grandissaient plus vite, jusqu'à ce qu'il ne reste pratiquement aucun sillon. À un moment de la dernière semaine, je travaillais, perdu dans la répétition de mes mouvements, quand je t'ai vu debout près de moi. Apparemment, tu étais là depuis un certain temps, à m'observer.

— Tu as fini ton livre ?

Ta question sonnait comme un défi.

— Oui, ai-je dit à la terre, sentant que ma mâchoire se serrait alors que je continuais mon travail.

— Tu es toujours d'accord pour me le prêter ?

J'ai cessé de creuser. Mon cœur galopait. Je t'ai regardé, et sans savoir pourquoi – peut-être à cause de la sincérité avec laquelle tu avais posé la question et qui se peignait sur ton visage, ou peut-être par résignation – j'ai hoché la tête. J'ai décidé que je n'avais rien à perdre. Nos chemins ne se croiseraient plus jamais, et je ne voulais pas être comme David, qui a peur de lui-même et qui est dévoré par les regrets.

— Je te l'apporterai tout à l'heure, au dîner, me suis-je entendu dire.

Ce soir-là, je t'ai attendu à la sortie de la cantine, dans la pénombre où les gens fumaient et bavardaient avant d'aller au lit. Je t'ai attendu jusqu'à très tard, jusqu'à ce que se tarisse le flot de ceux qui partaient et que je croie t'avoir manqué. J'envisageais de retourner à ma cabane quand enfin tu es sorti. La fille était juste derrière toi. Elle semblait sûre d'elle. Ses yeux, comme ses cheveux, étaient noirs et intenses, mais sa peau était claire, pâle même, comme si elle ne s'était pas du tout exposée au soleil pendant toutes ces semaines. Tu as échangé avec elle un regard que je n'ai pas pu voir, elle a lancé un coup d'œil dans ma direction, avec un vague sourire, et elle s'est éloignée dans le noir.

— Je lis vite, as-tu dit en glissant le livre dans la poche arrière de ton pantalon.

— Ne t'inquiète pas, ai-je répondu en me sentant inondé par la tristesse. Tu peux le garder.

Tu m'as regardé comme si j'avais dit quelque chose d'absurde.

— Qu'est-ce que tu racontes ? Bien sûr que je te le rendrai.

Et tu as remis la main sur mon épaule, comme tu l'avais fait la deuxième fois où nous nous sommes parlé. Et à cet instant précis, le nœud au fond de mon estomac – où résidaient la peur et le désir – s'est agité comme une marée montante.

*

Contrairement à ce qui est le cas d'ordinaire, cette dernière semaine n'est pas passée plus vite que toutes les précédentes. Elle s'est plutôt traînée à quatre pattes. Tout le long de la semaine, j'ai voulu qu'elle se termine, j'ai voulu être libéré, ne plus te côtoyer dans cet état d'incertitude. Je t'évitais encore, je ne suis jamais allé à la rivière, même s'il faisait chaud et que j'avais envie de tremper mes pieds dans la fraîcheur de l'eau. Et pourtant je continuais à te regarder quand j'étais sûr que nos yeux ne se rencontreraient pas, pour découvrir d'éventuels signes de changement en toi. Mais tu semblais le même. À la cantine, tu t'asseyais avec le même groupe, et dans le champ tu travaillais sans arrêt.

Le dernier soir, le camarade-leader a prononcé un discours, nous remerciant pour notre labeur. Puis il nous a ordonné d'aller à la rivière. Nous marchions par petits groupes, sans trop savoir ce qui allait arriver, pleins d'une excitation teintée de terreur. Mais nous avons découvert des dizaines de petits canots qui flottaient sur l'eau. Nous avons embarqué à six par bateau, moi avec Karolina, Beata et les garçons de ma cabane, et nous avons descendu la rivière en ramant, non pas vers notre endroit, mais dans l'autre direction, où la forêt commençait. Nous formions une file de canots, Belka en tête. Nous avons vu le soleil se coucher, loin derrière les champs que nous avions si soigneusement vidés au cours de ce mois, et le long d'un étroit bras de la rivière qui serpentait vers la forêt. De hauts pins ont commencé à nous entourer, parfumés, solennels et apparemment sans fin. Il faisait plus frais ici, et totalement sombre ; bientôt, nous n'avons plus été éclairés que par la lune pâle dans le ciel, à peine visible entre le canyon formé par la cime des arbres, et par la lumière distante de la torche de Belka à l'avant. Nous entendions le bruit de pattes légères sur le sol de la forêt et le craquement des branches. Une chouette a hululé.

Puis notre convoi s'est arrêté, et nous avons tous débarqué. Il y avait une clairière dans la forêt. Nous avons allumé un feu, qui projetait sa lueur sur le sol et qui nous réchauffait dans la fraîcheur de la nuit. Des saucisses ont été embrochées sur des bâtons. Quelqu'un a sorti une guitare et s'est mis à chanter, et peu à peu ce lieu sauvage et sombre est devenu intime. La nuit était pleine de bruits, de crépitements et de bavardages. Nous nous tenions près du feu, à boire des bières, et les garçons parlaient de leur voyage en Roumanie. Plus loin, entre les arbres, je t'ai vu avec ton groupe : la fille aux cheveux noirs et Maksio Karowski. Je t'ai observé un moment, ton profil dans la nuit, ta manière de fumer ta cigarette, tenue entre le pouce et l'index. Puis je me suis forcé à détourner les yeux.

Vers la fin de la nuit, j'étais assis tout seul près du feu, je sirotais une bière et je contemplais les flammes. Je pensais au reste de l'été, au reste de ma vie, et je m'efforçais de discerner quelque chose. C'était comme si le seul élément dont j'étais certain était le changement même, irrésistible et indifférent comme le feu dévorant le bois. Puis une ombre s'est déplacée et tu t'es assis sur la bûche à côté de moi. Nous sommes restés un moment sans rien dire. Je me sentais faible. Tu paraissais révélé à la lueur des flammes, et même plus beau encore, avec ta chemise à carreaux rouges et noirs, tes yeux reflétant le feu. Tu as regardé tout autour, pour voir si quelqu'un écoutait. Beaucoup de conversations se déroulaient autour de nous, des couples dansaient, d'autres étaient assis sur des rondins, chantant accompagnés par la guitare.

— J'ai presque fini le livre, as-tu fini par dire.

— Et alors ?

J'essayais de sembler détaché alors que mon pouls s'accélérait. Tu as regardé dans le feu.

— Ça me plaît. Je comprends pourquoi il n'a pas été publié officiellement.

Nos regards se sont croisés un instant, et tu as souri.

— Pourquoi as-tu arrêté de venir à la rivière ?

J'ai détourné la tête. Je ne savais que répondre. Finalement j'ai levé les yeux et j'ai vu que tu me regardais avec tendresse.

— N'aie pas peur.

La façon dont tu as prononcé cette phrase – avec douceur et un calme parfait – m'a transpercé. Les flammes crépitaient. J'ai hoché la tête, c'est tout ce que je pouvais faire. Tu as souri, dissipant la tension, tes dents brillant à la lueur du feu. Nous sommes restés un moment dans notre silence privé, des mondes se déplaçant en moi.

— Demain, je pars pour la région des lacs, as-tu annoncé. Je n'y suis jamais allé, et j'en ai envie depuis toujours. J'ai pensé que c'était le moment, avant de retourner en ville, avant que le véritable travail ne commence. Il y a des endroits formidables, là-bas. Des lacs, des rivières. J'ai une tente et tout ce qu'il faut. (Tu t'es interrompu, et nos yeux se sont rencontrés à nouveau.) J'ai une proposition à te faire. Tu veux venir avec moi ?

# 3

Je me rappelle le car partant avec les autres, toi et moi restant sur place. C'était une journée couverte. Sac au dos, les mains sur les sangles, nous avons pris la route de campagne, avec l'espoir de faire de l'auto-stop. J'étais nerveux et nous parlions peu, mais en un sens ce silence entre nous était un pacte. Je me sentais comme un petit oiseau lâché dans le ciel, effrayé et enthousiasmé par le vide devant moi.

La première voiture à s'arrêter nous a emmenés vers l'est. Le conducteur, homme d'âge moyen, nous regardait de temps à autre, mais sans poser de questions. Nous avons roulé en silence sur les routes de campagne plantées de grands marronniers, entre des champs bordés de coquelicots. Je n'avais aucune idée d'où nous étions. Nous n'avions pas de carte et les panneaux étaient rares, mais même s'il y en avait eu davantage, le nom des lieux n'aurait eu aucun sens pour moi. Pendant que j'absorbais toute cette étendue sans nom, tu dormais, le visage contre la vitre.

À un moment de l'après-midi, le conducteur nous a déposés à un carrefour. Tu as déchiré un coupon de ton carnet d'auto-stoppeur et tu le lui as remis.

— J'espère que vous l'enverrez et que vous gagnerez un sèche-cheveux ou un autre truc ! t'es-tu exclamé avant de fermer les portières.

L'homme a hoché la tête et est reparti, fonçant vers l'horizon.

Un vent fort et humide s'est mis à souffler sur nous. Le ciel était rempli de nuages noirs, il y avait de l'électricité dans l'air. Puis, comme si quelqu'un avait appuyé sur un bouton, la pluie a commencé à tomber. Il n'y eut ni peut-être, ni entre-deux. Il pleuvait sans inhibition, des gouttes lourdes comme de la peinture, un million de gouttes, et nous au milieu de la route avec nos sacs et sans parapluie.

— Vite ! as-tu crié. Là-bas, près de l'arbre !

Je t'ai suivi, sprintant à travers un champ, nos vêtements déjà noircis par la pluie. Nous avons atteint un chêne et nous sommes assis contre son tronc, protégés par son toit de feuilles. La pluie continuait à marteler le sol, le monde sentait l'eau et la terre. Puis l'éclair a frappé sous nos yeux – une fourche diabolique, d'un blanc de néon sur l'horizon noir. Le tonnerre a suivi. Nous avons contemplé ce spectacle dans un silence respectueux, écartant nos cheveux mouillés de notre visage, nos bras serrés autour de nos genoux. Nous sommes restés ainsi pendant un long moment, à regarder le ciel, jusqu'à ce que la pluie devienne moins violente.

— Tu ne regrettes jamais de ne pas être ailleurs ?

La question m'était venue de nulle part. Tu t'es tourné vers moi.

— Tu veux dire en Occident, non ?

J'ai acquiescé, surpris par ma sincérité. Je n'en avais jamais parlé à personne d'autre que Karolina.

— Non, as-tu répondu sans aucune émotion. Pourquoi ?

— Je ne sais pas. J'ai toujours été curieux. J'ai l'impression que tout est mieux là-bas. Plus beau. Plus libre. Tu ne crois pas ?

Je t'ai regardé avec espoir. Tu as secoué la tête en fixant les yeux sur un point éloigné à l'horizon.

— J'aurais dû me douter que tu étais comme ça.

— Comme quoi ? ai-je demandé, soudain nerveux, craignant d'avoir commis une grave erreur.

Tu t'es retourné brusquement vers moi.

— Un rêveur.

Ta bouche s'est élargie en un sourire taquin. J'ai laissé le mot résonner, soulagé et réchauffé par ton sourire si proche de mon visage.

— Qu'est-ce qu'il y a de mal à rêver de liberté ?

— *De liberté* ? as-tu ricané, en souriant comme si tu avais déjà eu la même conversation bien des fois auparavant. Manger des oranges et des bananes tous les mois de l'année, c'est ça la liberté, pour toi ?

Tu ne souriais plus.

— La liberté, c'est avoir ce dont on a envie, ai-je dit avec soin. C'est choisir par soi-même.

Tu as plissé les yeux.

— Et tu crois qu'il n'y a pas un prix à payer ? Tu crois qu'en Occident les gens ne passent pas leur vie à travailler comme des machines, à gagner uniquement pour pouvoir dépenser ?

— Ça ne me dérange pas de travailler dur. Du moment que j'en suis récompensé.

— Tout paraît toujours mieux ailleurs, as-tu dit sans tenir compte de ce commentaire. Nous avons tellement de possibilités ici. Regarde-moi. (Tu as semblé rougir un peu et tu as baissé les yeux un instant.) Je viens d'une famille pauvre. Et je suis le premier à faire de véritables études. On m'a même attribué des points supplémentaires lors des examens d'entrée, parce que nous sommes de la classe ouvrière. Et maintenant je vais travailler pour le gouvernement. C'est ça, la liberté. Je n'aurais peut-être jamais eu ça sous le capitalisme. Le Parti veille sur nous. Quand ma mère est tombée malade (tu as dégluti, ta voix est devenue plus faible), ils l'ont envoyée en sanatorium pendant trois mois. *Trois mois*. Tu penses qu'ils offrent ça aux gens, en Occident ? Pour rien ?

Mal à l'aise, j'ai changé de position sur les racines épaisses de l'arbre.

— Mais ça ne te dérange pas que nous ne soyons pas réellement libres ? Ils nous disent ce qu'ils veulent que nous sachions, et c'est tout. Nous n'avons même pas le droit de sortir du pays si nous en avons envie. *Ils nous retiennent ici.*

Tu étais très calme, tu n'as d'abord rien répondu.

— Tu décris la situation comme pire qu'elle n'est, as-tu fini par dire. Et comment sais-tu que c'est vraiment mieux ailleurs ? En fin de compte, nous devons travailler avec ce que nous avons. Ce n'est pas plus compliqué que ça. (Tu as souri et tu m'as regardé.) Vois-le comme un jeu : tout le monde connaît les règles. Et si tu ne peux pas les changer, à quoi bon se tracasser ?

Un vent frais s'est mis à souffler et j'ai été parcouru d'un frisson, mes bras avaient la chair de poule.

— Mais nous pouvons peut-être les changer !

Et tout à coup je me suis senti bête, comme si je cherchais à attraper une chose qui n'était plus là.

Tu as esquissé un sourire. Cette totale absence d'inquiétude en toi m'a surpris et soulagé.

— Pour répondre à ta question… Ce serait intéressant d'y aller un jour, pour voir. En Occident. Mais pas pour fuir. Je ne suis pas comme David dans *La Chambre de Giovanni*. (Tu as souri à nouveau, et un élan m'a traversé.) Mais j'aimerais bien voir autre chose. Parce qu'il faut essayer par soi-même pour se faire une idée, non ? (Tu m'as donné une claque sur le genou et tu t'es levé.) Allez, rêveur, on doit repartir, à moins que tu ne veuilles passer la nuit dans ce champ.

La pluie avait cessé, et tout était silencieux autour de nous. Le soleil est revenu, pâle et prêt à disparaître derrière l'horizon. Nous avons repris la route, le pouce dressé, mais aucune voiture ne s'est arrêtée. Nous avons marché, marché jusqu'au coucher du soleil, et nous n'étions encore nulle part. Les champs autour de nous, détrempés par la pluie, n'avaient rien d'idéal pour camper, et nous ne savions que faire. Finalement nous avons trouvé une ferme où une famille a accepté de nous héberger pour la nuit. La fille du fermier nous a montré la grange, où ils nous autorisaient à dormir. Elle nous a apporté du pain et du lard, que nous avons dévorés comme des loups. Puis nous avons déplié nos sacs de couchage sur la paille, à côté l'un de l'autre.

— Bonne nuit, as-tu dit après avoir éteint ta torche.

Tu t'es déshabillé sans la moindre gêne, ta silhouette dans le noir se glissant dans le sac de couchage voisin du mien. Je t'entendais respirer, comme un doux bruit de vagues. Et lentement, goutte par goutte, la pluie a recommencé. Elle tambourinait sur le toit comme des doigts s'exerçant à des accords de piano. Étendus sur le dos, nous l'écoutions sans dire un mot. Je te sentais près de moi, ton corps animé malgré son immobilité. Mon cœur battait plus vite que la pluie. Soudain j'ai eu envie d'être tout contre toi, désespérément. Je sentais l'attraction de ton corps, de petits câbles me tirant vers toi. Mais je ne pouvais bouger. Plusieurs secondes se sont écoulées, des années-lumière de va-et-vient dans mon esprit, et à l'instant où j'en étais venu à penser que je n'aurais jamais le courage, tu t'es déplacé vers moi et tu as posé ta tête sur mon épaule. Mon cœur s'est arrêté. Je n'osais pas respirer. Ta tête était lourde, comme du marbre chaud, et tes cheveux effleuraient ma joue. J'étais paralysé par le possible, pris entre le vertige de la satisfaction et l'abîme de l'incertitude. Je me suis souvenu de ma conduite irréfléchie avec Beniek, bien des années auparavant, lors de la boum, quand les lumières s'étaient éteintes. Combien les conséquences avaient été douloureuses et imprévisibles. Malgré cela, je venais de trouver la force de penser à ce que ce serait de te toucher les cheveux, de me dire que c'était la seule chose à faire, que je n'étais plus un petit garçon, quand tu as murmuré « Bonne nuit, Ludzio » avant de t'éloigner de moi. C'était la première fois que tu m'appelais ainsi, tu avais transformé mon nom par affection. Cela rendait encore plus insupportable le vide sur mon épaule.

— Bonne nuit, ai-je répondu faiblement en me retournant, envahi par le regret.

Ta respiration est devenue calme et régulière. Mon esprit courait comme un cheval fou. La pluie a duré toute la nuit.

*

Le lendemain, au réveil, j'ai vu ton corps qui se soulevait et retombait paisiblement avec ta respiration. À travers les fentes entre les planches, des rais de lumière pénétraient dans la grange, t'éclairant. Ton épaule était couverte de petites taches de rousseur que je n'avais jamais remarquées, aléatoires et belles comme une constellation d'étoiles.

Je me suis extirpé du sac de couchage aussi silencieusement que je le pouvais, j'ai enfilé mon T-shirt et mon short, j'ai chaussé mes sandales et je suis sorti de la grange. C'était une matinée claire, le soleil était déjà bien haut, doux et neuf comme un œuf qu'on vient d'écaler. Dans l'air circulaient des odeurs vertes, jaunes et d'un brun profond, fertiles. Au grand jour, la ferme était plus petite que dans mon souvenir, d'un seul étage, construite en bois foncé avec un toit pentu de vieilles tuiles brunes. Elle semblait à la fois antique et fragile, comme si elle s'était toujours trouvée là mais pourrait aisément être écrasée. Devant la bâtisse, la fille du fermier nourrissait un groupe de poulets. Elle avait une quinzaine d'années, un bon visage en forme de cœur, au sourire enfantin et timide, et elle portait un foulard sur la tête. Elle m'a salué et nous a invités à venir prendre le petit déjeuner.

— Nous sommes dans la cuisine. Venez donc avec votre ami.

Je suis retourné dans la grange et je t'ai trouvé debout, enfilant ton pantalon par-dessus ton slip blanc et moulant.

— Salut, ai-je dit, conscient de ma voix forcée.

Tu as remonté ta fermeture Éclair et tu t'es retourné.

— Salut.

Tu avais l'air presque timide, tu t'es passé la main dans les cheveux.

— Tu as faim ? ai-je demandé.

— Une faim de loup.

Nous sommes sortis de la grange pour entrer dans la maison. Il y avait un couloir sombre qui sentait le moisi, la suie et la terre. Rien ne semblait bouger. Quelques rayons de lumière révélaient un monde de grains de poussière flottant dans l'air, et sur le mur Jésus était cloué à une croix, les côtes et les muscles bien dessinés, nu à part son pagne. Nous nous sommes regardés un instant, narquois, soudain redevenus proches dans le noir. Au bout du couloir grinçant, nous avons trouvé la cuisine à droite, où la jeune fille se tenait devant le poêle avec une cruche de lait fumant. Elle avait ôté son foulard et ses longs cheveux blond foncé lui tombaient jusqu'en bas du dos.

— Venez vous asseoir, dit une vieille femme, dans le coin, près de la table. Vous devez avoir faim.

Nous nous sommes assis sur des chaises en bois qui grinçaient sous notre poids. Tout semblait couvert de poussière, usé par des générations d'utilisateurs. Les assiettes étaient ébréchées et recollées, les motifs sur les tasses étaient fanés. Une faible lumière nacrée entrait par une petite fenêtre.

La vieille femme nous a examinés avec intérêt et sagacité.

— Mon mari est sorti. Servez-vous.

Je me suis aperçu qu'elle n'était pas si âgée, après tout, et qu'elle n'était pas la grand-mère, mais la mère de la jeune fille.

Nous nous sommes mis à manger. Il y avait des concombres et des radis, un pot de miel et une miche de pain. La fille s'est approchée et a versé dans nos tasses le lait qui chauffait sur le poêle.

— Donc vous êtes étudiants, a dit la mère.

— Oui, madame, as-tu répondu, la bouche pleine de radis, apparemment plus à l'aise que moi. Nous venons de terminer nos études.

Elle a hoché la tête, comme si elle admettait quelque chose d'incertain.

— Marié ? a-t-elle demandé en te regardant.

— Non, madame. (Tu as secoué la tête, en lui souriant.) Pas encore. Je suis trop jeune.

Elle a éclaté d'un rire guttural, révélant toutes les dents de devant qui lui manquaient.

— Et toi ?

Je me suis senti rougir.

— Non, madame.

J'ai bu une gorgée de lait pour dissimuler mon embarras. Mes lèvres ont frôlé la peau souple apparue sur le dessus, envoyant dans mon ventre une vague de nausée, et le liquide m'a brûlé l'intérieur de la bouche. Je me suis efforcé de rester impassible et j'ai attrapé le pain.

Elle nous a regardés manger avec une satisfaction visible.

— Donc vous voyagez. Vous savez où vous allez ?

— On cherche juste un endroit tranquille, as-tu répondu. Vous auriez une destination à nous recommander, madame ?

Elle s'est tournée vers la fenêtre, à travers laquelle on ne voyait pas grand-chose de l'extérieur, à part la brume verte des arbres et le vague bleu du ciel.

— Y a un endroit pas loin d'ici où on va ramasser les champignons à l'automne. Les voyageurs ne le connaissent pas. C'est joli. (Ses yeux ont pétillé et, pendant un instant, j'ai vu, réellement vu qu'elle avait un jour été jeune.) Je vais vous expliquer comment on y va.

Après le petit déjeuner, nous avons roulé nos sacs de couchage et remballé nos affaires.

— Marchez tout droit, environ six kilomètres à travers la forêt après le carrefour de Marianki, a dit la femme, debout à l'entrée de la maison. Vous saurez quand vous serez arrivés.

— Merci, vous êtes bien aimable, ai-je dit.

Elle a pris mon visage entre ses grosses mains cireuses et m'a posé un baiser sec sur la joue.

— Vous repasserez nous voir au retour. Bon voyage.

Dans un village voisin, nous avons trouvé un petit camion qui allait dans la bonne direction. Le conducteur transportait vers le nord tout un chargement de cerises, et le seul espace disponible était à l'arrière, parmi les montagnes de fruits. Nous avons mangé plus qu'à notre faim. La bouche farcie, les mains maculées, nous crachions les noyaux dans les champs qui défilaient. Le ciel était clair et infini ; nous avions l'impression d'y voler. Presque toutes les fermes avaient sur leur toit un nid de cigognes où ces élégants animaux étaient perchés, se reposant ou partant à la recherche de nourriture après leur long trajet depuis l'Afrique.

Nous avons roulé sans nous arrêter. Nous avons croisé des gens qui cultivaient leurs champs avec leur charrette et leur cheval, des hommes, des femmes et des enfants munis de grandes houes en bois. Les fleurs sauvages et les hauts champs jaunes rejoignaient le ciel bleu, mais par la suite le paysage est devenu plus plat et nous avons aperçu les premières *cerkwie*, les premières églises orthodoxes, petites, noires et mystérieuses avec leurs dômes bulbeux. Elles annonçaient une région différente, le début de l'Est sauvage et inexplicable, où les rois chassaient autrefois le bison et où les plaines sont infinies. Le routier s'est arrêté à un carrefour presque invisible et a passé la tête par la fenêtre.

— C'est là, les garçons.

Nous sommes descendus du camion et nous sommes retrouvés à l'orée d'une forêt de pins.

— Vous êtes sûr ? ai-je demandé.

Il a hoché la tête et nous a souhaité bonne chance, puis il est parti, soulevant derrière lui un nuage de poussière. Nous nous sommes regardés, hésitants.

— On est certains que c'est ici ?

Nerveux comme le premier jour où je t'avais vu, j'avais soudain conscience que nous n'étions à nouveau que toi et moi.

— Qu'est-ce qu'on peut faire d'autre ? as-tu répliqué calmement, avec un sourire. Allons-y.

Tu as placé ta main dans le bas de mon dos et tu m'as entraîné vers la forêt, envoyant une onde de chaleur à travers mon corps.

Il y avait un sentier étroit, exactement comme l'avait décrit la femme. Nous sommes entrés dans la mer de pins. À l'intérieur, il faisait plus frais et plus sombre que sous la chaleur du soleil. Côte à côte, nous marchions sur un lit d'aiguilles sèches, couleur de cannelle. La nuit précédente flottait comme une bouée à la surface de mon esprit : la pluie sur le toit, le poids de ta tête sur mon épaule. J'ai essayé de chasser ce souvenir. Tu portais la même chemise en lin blanc que la veille, elle avait séché pendant la nuit, à présent tachée par le jus des cerises, déboutonnée pour dévoiler tes clavicules, le halo sombre de tes tétons discernable sous le tissu.

À mesure que la forêt devenait plus dense et plus épaisse, le ciel semblait plus loin et la lumière du soleil nous atteignait à peine. Mais le petit chemin, tracé par les pieds de ceux qui nous avaient précédés, était toujours là. Tu marchais devant, d'un pas vif, et je suivais. Nous nous taisions, et tu ne te retournais jamais pour vérifier si je n'étais pas à la traîne, comme si un fil nous reliait.

— Elles étaient sympas, non ? ai-je dit à un moment pour combler le silence, pour couvrir mes pensées.

Tu as hoché la tête, sans te retourner.

— Oui, c'est vrai.

Tu semblais aussi perdu dans tes pensées que moi. Nous avons continué à marcher et les arbres sont devenus moins denses ; le soleil s'y infiltrait à nouveau. Peu après, au loin, nous avons discerné le bout de la forêt, où quelque chose scintillait. Nous avons pressé le pas, nous courions presque désormais. En arrivant aux dernières rangées d'arbres, nous l'avons vue : une clairière remplie par un grand lac brillant, bordé de hautes herbes, comme un secret. Nous nous sommes approchés, mes genoux se dérobant sous l'effet de la surprise. La surface de l'eau luisait dans la lumière de l'après-midi, d'un bleu profond et serein. Il n'y avait personne aux alentours. Nous avons marché jusqu'au bord de l'eau et avons laissé tomber nos sacs sur le sol ; le lac scintillait comme un miroir éclairé par le soleil de midi. La forêt nous encerclait, et nous étions en son centre, protégés et apaisés par cet œil luisant.

— Nous sommes arrivés, ai-je murmuré.

Tu as acquiescé.

— Elle n'exagérait pas, la vieille !

Ton cri soudain t'a poussé à l'action. Tu t'es déshabillé, abandonnant tes vêtements un par un jusqu'à être entièrement libre, le blanc de ton cul contrastant avec le brun de ton dos, et tu as plongé avec un hurlement qui a retenti à travers la clairière. Tu as émergé avec un sourire triomphant.

— Tu viens ?

J'ai d'abord retiré mes sandales, puis ma chemise. Je l'ai repliée avec soin et l'ai posée à un endroit propre. J'ai ôté mon short puis, avec un instant d'hésitation, mon slip. Tu avais détourné la tête, tu nageais un peu plus loin. Je sentais le vent m'effleurer la poitrine, me chatouiller entre les jambes. J'ai regardé l'eau. Je ne voyais pas à travers, je ne pouvais en évaluer le contenu. Mais j'y suis entré. Et l'eau m'a étreint complètement, douce et fraîche. J'ai à nouveau senti mon corps, comme si l'on avait réactivé quelque chose en moi après un long moment. C'était une sensation de légèreté, de puissance et d'inconséquence totale. J'ai commencé à remuer, et chaque mouvement me propulsait en avant. Le ciel était plus clair que l'eau, moucheté de minuscules nuages. J'avais conscience du monde inconnu en dessous de moi.

— Tu vois que tu en es capable ! as-tu crié de l'autre bout du lac, en extase.

J'étais calme.

Mon corps se déplaçait dans ta direction, et tu m'as regardé, soudain calmé toi aussi. Les bras déployés, tu étais comme un danseur classique suspendu en vol. Sous la surface de l'eau, quelque chose de chaud a remué dans mon ventre. Je me suis approché jusqu'à voir les gouttes sur ton front, sur la pointe de ton nez et aux coins de ta bouche. Nous n'avons pas dit un mot. Nous nous sommes regardés, déjà au-delà des mots. Tu étais là et j'étais là, tout près, respirant. Et je me suis avancé dans ton périmètre. Jusqu'à ton corps en attente, jusqu'à ton visage ouvert, jusqu'aux gouttes d'eau sur tes lèvres. Tes bras se sont refermés sur moi. M'ont serré. Nous n'étions plus qu'un seul corps flottant dans le lac, en apesanteur, sans jamais toucher le sol.

*

Ce soir-là, alors que le soleil commençait à se coucher, nous avons planté la tente sous un grand pin. Il faisait encore chaud, le lac avait noirci, les cigales chantaient en paix et il n'y avait de lumière nulle part, excepté une mince tranche de lune. Nous nous sommes étendus sur nos sacs de couchage. Le vent soufflait doucement contre la tente, et le seul bruit était celui de l'arbre qui se balançait au-dessus de nous, ses aiguilles se frottant et chuchotant entre elles. Allongés sur le dos, les mains repliées sous la tête, nos coudes se touchant légèrement. À travers le rabat dans le toit de la tente, nous admirions le ciel parsemé d'étoiles. Elles étaient très petites et ne semblaient pas nombreuses, mais plus on regardait, plus on en voyait. On ne pouvait les contempler toutes à la fois. Cela me faisait tourner la tête.

— Je suis content de l'avoir fait, ai-je dit, savourant le son de ma voix et sa délicate vibration dans mon corps.

— Moi aussi. (Tu as tourné la tête vers moi, les yeux brillants.) Je savais depuis le début qu'on le ferait, as-tu ajouté en souriant.

— Ah oui ?

— Oui. Quand tu m'as regardé, ce premier jour, au camp. Tu es facile à lire.

J'ai ri et t'ai donné une bourrade :

— Ah oui ?

Tu sentais l'eau et le pin. Le doux et le dur. Je tâtais ton bronzage du bout de mes doigts, et de tes mains solides et fortes tu me redessinais, tu me créais, le bas de mon dos, le creux de mes cuisses… et toi. Ton dos, ta poitrine, ton ventre, tes cuisses, ta bite. Dure et incroyablement proche sous la douceur de ton slip, caressant ma paume, évidente, ébranlant le monde, exigeante. Nous remuions avec ferveur, comme en une lutte. Il y avait tant de choses dont je ne serais jamais rassasié, tant de choses que je ne pourrais jamais saisir ou posséder, malgré toutes mes tentatives. Et je tentais, nous tentions. Chacun se couvrant de l'autre, se fondant en l'autre, attirant, attiré, laissant son courant prendre le dessus. Nos soupirs étaient partagés, ils refusaient de nous libérer. Cette nuit me rappelait les feux de joie de Pâques que j'observais dans le parc voisin quand j'étais enfant, où la pyramide de bois brûlait de haut en bas, chassant les fantômes de l'hiver, apportant un dégel, libérant la chaleur de l'univers somnolent, au repos. Les flammes m'hypnotisaient. Je fusionnais avec elles, avec leur danse, destructrice et régénératrice. Nous avons joué à cette lutte, le souffle coupé, transportés, la tête légère, remplie, tournoyante, jusqu'à l'épuisement, jusqu'à nous décharger l'un sur l'autre, après quoi nous nous sommes endormis, emmêlés comme des herbes folles.

*

Je ne sais pas combien de jours nous sommes restés au lac, parce que chaque journée était comme un monde entier, chaque instant neuf et impossible à reproduire. En un sens, j'avais le sentiment que c'étaient les premiers jours de ma vie, comme si j'étais né près de ce lac, près de son eau, près de toi. Comme si j'avais mué, renoncé à mon ancienne peau et à ma vie antérieure.

Le lac et la forêt sont devenus notre territoire. Nous pêchions, fabriquant des cannes avec des branches, des morceaux de pain en guise d'appâts, et nous faisions griller les poissons – gris, plats et délicieux – au-dessus du feu, nous les mangions avec nos doigts. Nous nous sommes aventurés dans les forêts derrière le lac, nous avons trouvé des arbustes fruitiers et de petites clairières grandes comme des salons, où les branches pendaient au-dessus de massifs de fleurs blanches. Nous nous allongions et nous faisions l'amour, puis nous nous endormions. Nous nous réveillions dans une torpeur heureuse, le soleil encore au-dessus de nous, et quand nous repartions vers la tente, la seule chose que nous laissions derrière nous était la forme de notre corps dans l'herbe aplatie.

Le lac nous nettoyait chaque matin et chaque soir. Il nous lavait de la sueur de l'été et du sexe, peut-être même des empreintes sur nos corps. Et chaque fois que je nageais, j'éprouvais la même euphorie que la première fois où j'étais entré dans le lac, dénuée de tout combat, une sensation d'apesanteur que je n'aurais jamais cru pouvoir éprouver. Pendant ces journées, la honte en moi a fondu comme une pastille de menthe sur ma langue, le dur libérant le doux.

Je flottais dans l'eau et tu étais étendu sur le rivage, à lire *La Chambre de Giovanni*. L'air avait la même température que notre peau, ou un peu moins élevée, il nous caressait. Ensuite nous nous couchions l'un contre l'autre pour contempler les nuages, observer le changement de leurs formes fantastiques : impossibles à identifier puis familières, familières puis impossibles à identifier.

*

Un après-midi, vers la fin de notre séjour, nous sommes allés au village le plus proche, à environ une heure de marche. Nous avons trouvé un petit magasin où nous avons acheté du pain, des concombres, des pommes et de la bière. Le soleil baissait quand nous sommes repartis. Il faisait nuit avant d'atteindre la forêt. Tu avais oublié ta torche. Le chemin n'était éclairé que par la lune. Et à mesure que nous marchions entre les champs, l'image de mon cauchemar d'enfance m'est revenue, comme un défi lancé par le passé – le silence vide du monde, les champs à perte de vue, l'impression que les monolithes me dévisageaient. Mais je n'ai même pas eu à déterminer si j'avais peur. Je n'avais pas peur. Les tombes, tout comme ma honte, n'étaient plus qu'un souvenir, dissous comme des morceaux de sucre sous une pluie d'été.

Nous avons continué à marcher à travers la forêt, dont nous entendions les bruits furtifs, jusqu'à notre clairière, et nous avons vu la lune à la surface du lac. Nous nous sommes arrêtés pour regarder ce spectacle. Puis, sans un mot, nous nous sommes déshabillés et nous sommes glissés dans l'eau. Nous avons nagé, intrépides, libres et invisibles dans l'obscurité brillante.

# 4

La nuit est tombée particulièrement tôt aujourd'hui, et la ville scintille de l'autre côté du fleuve comme une robe d'acier à paillettes. J'avais faim quand je suis rentré chez moi et j'ai décidé de me faire un sandwich. Le pain est blanc et déjà en tranches. Dans ce pays, ils font tout à ta place sauf mâcher. J'ai beurré les tartines et les ai saupoudrées de sucre. Ce n'est pas comme à la maison, mais ça fait illusion. Puis j'ai pris le téléphone et j'ai composé le numéro de Grand-Mère. La ligne était encore occupée. Cela fait plusieurs jours que j'essaye. J'ai tâché de ne pas m'inquiéter et lui ai écrit une lettre pour lui demander comment elle va. Bien entendu, ils ouvriront l'enveloppe et liront mon message avant elle. Mais j'ai cessé de me tracasser pour cela.

Ensuite, j'ai allumé la télé. Les nouvelles ne s'arrangent pas : l'opposition est poursuivie, les principales personnalités de Solidarność ont été arrêtées, tous les réseaux clandestins sont dispersés, ils font la chasse aux leaders syndicaux. « Ils les torturent sans doute », a dit la présentatrice, son joli visage tout à fait neutre. Je le crois. Je n'en ai pas envie, mais je ne peux m'en empêcher. Je me demande : es-tu impliqué ? C'est la question qui me suit partout comme une ombre. Défendrais-tu encore le Parti à présent ?

Le pire est peut-être de n'avoir personne à qui parler, personne qui puisse ouvrir la fenêtre pour renouveler l'air de ces interrogations qui sentent le renfermé. Je sais que je finirai par avoir besoin de trouver quelqu'un à qui me confier. Au bureau, ils me demandent tous les jours comment ça va, une dizaine de fois par jour. Il m'a fallu du temps avant de comprendre pourquoi ils étaient si désemparés face à mes tentatives de réponse, avant de comprendre que l'essentiel n'est pas ce que je réponds. L'essentiel est qu'ils me posent la question. Donc désormais je dis que ça va bien. Je m'efforce même de sourire. Mais je sens que, quoi qu'il en soit, mon statut d'étranger me soustrait à leur jugement. À leurs yeux, le fait que je sois étranger suffit sans doute à expliquer mon étrangeté.

*

Quand j'étais encore enfant, Maman et Grand-Mère s'enfermaient tous les soirs dans la chambre de ma mère. Je ne savais jamais ce qu'elles y faisaient, et elles ne me laissaient jamais y entrer. Chaque fois que je demandais, elles répondaient que je n'étais pas assez grand pour savoir.

— Et tu ne dois en parler à personne, disait Maman, accroupie pour être à ma hauteur, ses deux grandes mains sur mes épaules. Tu comprends ? À personne. Si tu en parles, il pourrait nous arriver malheur.

Elle avait le visage tendu, et les rides profondes creusées par l'inquiétude au-dessus de ses sourcils lui donnaient un air épuisé.

— Vous faites quelque chose de mal ? ai-je demandé, apeuré.

— Non, mon chéri. (Sa voix s'est radoucie.) Mais même quand on ne fait rien de mal, il peut arriver malheur.

— Pourquoi ?

Elle a voulu paraître gentille, mais les rides de son front n'ont pas complètement disparu.

— C'est comme ça.

J'avais beau les supplier, elles refusaient de m'en dire davantage. Je collais mon oreille à la porte, mais tout ce que j'entendais, c'était une sorte de crépitement très bas, des voix impossibles à distinguer. Je ne voyais rien, la clé remplissait le trou de la serrure. Au bout d'un très long moment, elles ressortaient de la pièce, discutant à voix basse, avec insistance, tantôt tristes, tantôt presque joyeuses. Et même si j'étais habitué à leur rituel nocturne, cela ne me contrariait pas moins d'être exclu du secret.

Le jour où j'ai appris que Beniek et sa famille étaient partis, ma mère est rentrée à la maison et m'a trouvé dans ma chambre, en train de pleurer, recroquevillé. Elle a dû deviner que c'était grave car je ne pleurais pas souvent, et quand elle m'a demandé ce qui n'allait pas, les sanglots m'ont empêché de parler. Elle s'est assise sur le lit et j'ai posé ma tête sur ses genoux, le tissu de sa jupe était frais contre ma joue, ses bras autour de moi. J'ai continué à pleurer, encouragé par ce réconfort, j'ai laissé couler mes larmes jusqu'à ce qu'il n'en reste plus. Elle m'a caressé les cheveux, et quand je me suis calmé je lui ai raconté que j'étais allé voir Beniek, qu'une inconnue avait ouvert la porte, et ce qu'avait dit la dame de l'église.

— Pourquoi sont-ils partis ? ai-je demandé. Ils vont revenir ?

J'ai vu l'indécision dans ses yeux. Avant qu'elle ne puisse parler, Grand-Mère est apparue à la porte, comme si elle nous écoutait depuis le début.

— Je pense qu'il est assez grand, maintenant, a-t-elle dit en regardant gravement ma mère. Il a besoin de savoir.

Maman nous a regardés tour à tour, elle et moi, en restant un moment silencieuse.

— Ludzio, tu ne diras rien, n'est-ce pas ?

J'ai secoué la tête, soudain tiré de ma tristesse. Elle a consulté sa montre. « Alors viens. » Nous sommes allés dans sa chambre, où Grand-Mère a verrouillé la porte derrière nous, a fermé la fenêtre et tiré les rideaux. Dehors, il faisait encore jour, et des enfants jouaient à la marelle dans la rue, sautant à pieds joints et à cloche-pied sur le trottoir.

— Tout d'abord, il faut que tu te taises, a dit Grand-Mère en désignant le mur mitoyen avec l'appartement des voisins. Et ne pose aucune question tant que ce ne sera pas fini. Écoute simplement.

Elle s'est approchée de l'armoire et a soulevé le tissu qui protégeait la radio, dévoilant sa masse compacte, le bois foncé et lisse qui luisait à la lumière. Nous avons placé trois chaises tout autour et nous sommes assis. Maman a appuyé sur le bouton noir et a soigneusement réglé la station. Il n'y a d'abord eu qu'un crépitement faible. Puis de la musique, un air guilleret à la flûte. La musique s'est arrêtée et j'ai senti se raidir le corps de Maman et celui de Grand-Mère. Une voix s'est mise à parler.

— *Ici Radio Free Europe, en direct de Munich, République fédérale d'Allemagne. Voici le journal de 20 heures. Lundi 21 juin 1968.*

La voix de l'homme était différente de celles qui sortaient d'ordinaire de la radio. Elle était plus calme, moins agressive. Il ne criait pas, il ne pérorait pas. Maman et Grand-Mère étaient pétrifiées, leurs mains soutenant leur menton et couvrant leur bouche. J'essayais de me concentrer comme elles, mais je ne comprenais pas grand-chose à ce qui était dit. L'homme utilisait beaucoup de mots que je ne connaissais pas, des acronymes qui ne signifiaient rien pour moi. C'était comme s'il parlait une autre langue. À un moment, il a mentionné Israël, ces syllabes découpées devenues si puissantes en un jour seulement. J'ai essayé de comprendre le sens de tout cela, mais je ne voyais que des vides. Quand le journal s'est terminé, Maman a changé le réglage et a augmenté le volume. C'est ce qu'elle faisait tous les soirs, ai-je découvert, afin que personne ne sache qu'elles avaient écouté la station interdite. Et tandis que la musique continuait, elles ont commencé à expliquer. Elles m'ont parlé des Juifs, qui avaient été si nombreux en Pologne auparavant. Pendant un millier d'années. La plupart avaient été tués dans les camps que les Allemands avaient créés pendant la guerre. Grand-Mère se rappelait avoir vu ses voisins forcés de monter dans des trains, pour ne plus jamais reparaître. Bien sûr, on ne nous apprenait pas vraiment cela à l'école. On nous apprenait que les Allemands avaient éliminé *les Polonais* et que nos frères russes nous avaient sauvés. Les Juifs n'étaient pas polonais, évidemment. Certains Polonais les rendaient encore responsables de la guerre. « Cette année-là, a dit Maman, il y a eu des émeutes, des grèves d'étudiants à travers tout le pays. Le Parti s'en est donc pris aux Juifs. Ils ont été traités de traîtres, chassés de leur emploi. » Voilà pourquoi la famille de Beniek était partie. Une fois disparus, plus personne ne parlait plus jamais d'eux. Un jour vous êtes chez vous dans un pays, le lendemain ce n'est plus votre pays.

Le départ de Beniek avait marqué la fin de mon enfance, et de l'enfance de mon esprit : c'était comme si tout ce qui semblait jadis aller de soi s'était révélé faux, comme si derrière chaque objet innocent se cachait une chose beaucoup plus sombre et laide. Chaque soir, désormais, Grand-Mère et Maman m'emmenaient dans la petite pièce. Blottis ensemble près du haut-parleur, silencieux et sérieux, penchés en avant, nous écoutions les voix venues de l'autre côté du Mur, et une fois l'émission terminée, Grand-Mère et Maman m'expliquaient quelque chose de neuf dans notre histoire. Pendant plus d'un siècle le pays avait été divisé entre la Russie et l'Allemagne, et il avait cessé d'exister sur les cartes. Notre culture avait survécu dans la clandestinité, les parents enseignaient aux enfants leur langue et leur histoire interdites, et le pays avait finalement obtenu son indépendance après la Première Guerre mondiale. Elles me parlaient aussi de la Seconde, d'un point de vue dont il n'était jamais question. Après des années d'occupation, les habitants de Varsovie s'étaient dressés contre les nazis, les Soviétiques étaient arrivés et, au lieu d'aider le soulèvement, ils étaient restés de l'autre côté de la Vistule et avaient attendu. Ils savaient qu'ils allaient gagner la guerre, que les Allemands finiraient par se retirer, et ils les avaient donc laissés se venger sur les Polonais. Les Soviétiques les avaient regardés détruire la ville, massacrer ou déporter sa population. Quand les Allemands étaient enfin partis, il restait moins d'un millier de survivants dans la capitale.

Toi, tu croyais probablement ce qu'on nous racontait à l'école, que les Soviétiques étaient nos libérateurs. Qu'ils étaient du bon côté. Nos alliés. Parfois je regrette de n'avoir pas pu être aussi insouciant que toi. Parce que je n'aimais pas ces soirées dans la chambre de ma mère, ces terribles épanchements de vérité. C'était un rituel, dont l'attraction était trop forte pour que j'y résiste. Même si je ne saisissais pas tout, j'en comprenais assez pour que la colère s'accumule au creux de mon estomac. Le fait que je ne pouvais en parler à personne aggravait encore les choses. On m'avait remis un cadeau empoisonné, des vérités puissantes que je ne pourrais jamais avouer connaître. Maman m'avait fait jurer de ne jamais rien mentionner à quiconque, de peur qu'on ne la licencie – ou pire.

Je suppose que le plus effrayant était l'absence de certitudes. Les années 1950 étaient finies et les gens ne disparaissaient plus pour avoir parlé. Mais dans les années 1960, et même par la suite, les choses étaient plus arbitraires. Presque tout était possible, selon l'identité de qui vous dénonçait et ce qu'il croyait pouvoir obtenir de vous. Même avec mon intuition d'enfant, je sentais qu'une mère célibataire était plus vulnérable que les autres.

Donc, comme auparavant, je participais au salut matinal à l'école, je me prosternais devant le portrait accroché au-dessus du bureau du professeur, le visage antique et chiffonné du président du Parti, Gomułka, nous faisant les gros yeux. Je participais aux marches, aux défilés, aux fêtes du 1er Mai, aux anniversaires de la révolution d'Octobre. Je brandissais les banderoles ornées de slogans obséquieux à la gloire de nos frères soviétiques, je chantais les chants qu'ils nous avaient enseignés. J'étais comme le petit garçon dans le conte d'Andersen, *Les Habits neufs de l'empereur*, sauf que je ne prenais pas la parole. Je faisais semblant de ne pas voir la vérité évidente : nous n'avions jamais demandé ce système, il nous avait été imposé. Je subissais les cours, j'endurais tout, je portais en moi le bannissement de Beniek, la bile s'accumulait au fond de moi. Pendant les récréations, je cherchais la bagarre auprès d'autres garçons, j'y gagnais un nez ensanglanté ou des lèvres éclatées et un soulagement temporaire. Et je me jurais de ne jamais devenir l'un d'eux, un de ceux qui menaient leur vie mensongère en soumission au système.

*

Un jour, alors que tu sortais du lac, tu m'as demandé si j'avais une petite amie. J'ai secoué la tête, déconcerté par ta question. Tu te penchais pour t'essuyer les cuisses et je ne voyais pas ton visage. J'ai souri pour dissimuler ma gêne, alors même que tu ne pouvais me voir.

— Non, ai-je finalement répondu. Et toi ?

Tu as touché tes pieds. Je t'ai regardé insérer entre tes orteils un coin de ta mince serviette. Puis tu as relevé la tête, certain que je t'attendais.

— Non, as-tu dit avec précaution. Pas vraiment.

— Qu'est-ce que ça signifie ?

Tu t'es redressé, tu as remis tes cheveux en arrière avec la main. Tu arborais un air de défi et d'amusement à la fois.

— Ça signifie que j'en ai eu une, mais plus maintenant. À présent je préfère *ça*.

Et avant que j'aie pu en demander davantage, avant que j'aie pu soupeser tes mots et les couloirs qui s'étendaient au-delà, tu es venu et tu m'as attiré à toi. Ta bouche s'est posée sur mon cou, avidement. Comme un vampire, ai-je pensé, et j'ai fermé les yeux.

*

Le dernier matin au lac, nous avons remballé nos affaires et démonté la tente. Nous l'avons regardée s'écrouler à terre comme un dirigeable à l'agonie. Puis nous avons aplati et plié son corps sans vie, et nous l'avons enfoncé dans le sac cylindrique. Nous avons fait tout cela sans échanger un mot.

— Tu sais que nous ne pouvons en parler à personne, m'as-tu dit, soudain sérieux, alors que tu fermais le sac.

— De quoi ?

Je savais exactement de quoi il s'agissait. Mon estomac était comme une serviette qu'on essore. Je t'ai regardé ramasser les piquets épars sur le sol, rouvrir le sac et les fourrer dedans.

Tu m'as lancé un regard furtif.

— De ça.

J'ai ramassé un bâton et l'ai jeté vers le lac, je l'ai vu voler et retomber en vain, sans un bruit.

— Non. J'imagine qu'on ne peut pas.

Nous n'avions pas vraiment parlé de « nous », ou de ce qui se passerait une fois revenus en ville, ni de quoi que ce soit. Il n'y avait pas de « nous ». Bien sûr, j'y avais réfléchi, j'avais voulu demander : « Qu'est-ce que nous sommes en train de vivre ? Qu'allons-nous en faire quand nous serons de retour ? »

Mais je n'avais jamais posé la question au grand jour, je n'aurais jamais osé. Je m'embrouille peut-être, les moments se fondent les uns dans les autres, défigurant chacun comme trop de voix parlant à la fois. Mais maintenant que j'y repense, je me rappelle n'avoir osé que le dernier soir, alors que nous étions dans la tente, couchés dans le noir, sur le point de nous endormir après avoir fait l'amour. J'ai posé la question dans le noir, j'avais peur. Pendant un moment interminable, tu n'as rien dit et j'ai cru que tu t'étais endormi. Tu as fini par murmurer : « Je ne veux pas que cela finisse. »

Mon cœur battait, il se heurtait à la paroi de ma poitrine, et j'ai répondu : « Moi non plus. »

*

Quand nous sommes arrivés en ville, la lumière jaillissait de tous les coins, rebondissait sur toutes les façades, aussi chaude et radieuse que je me sentais inondé de bonheur et d'angoisse. Je n'étais plus aux commandes. Je repensais au lac, à la tente – de manière compulsive, comme à la naissance d'une chose que je ne pouvais pas encore imaginer. J'avais trouvé ma place sur ton corps de grès – entre tes cuisses et les monts de tes tétons, dans la grotte de tes aisselles. Ta géographie était soudain aussi claire que celle de la ville, ta peau chauffée comme les briques des taudis, les contours de ton corps comme les lignes droites et ininterrompues des avenues, des rails du tram et des barrières métalliques rigides qui projetaient le quadrillage de leur ombre sur la chaussée. Ces mêmes barrières semblaient stables mais pouvaient bouger sous votre poids, craquer quand vous vous y appuyiez trop longtemps, menaçant de vous laisser tomber sur le macadam grouillant de voitures.

Quand je suis arrivé à l'appartement, il m'a paru plus petit qu'auparavant. La cuisine se trouvait immédiatement sur la droite en entrant. Elle était longue et étroite, et ne pouvait accueillir que ma logeuse, *Pani* Kolecka. C'était son territoire. Si rares qu'aient été les denrées, si sévère qu'ait été le rationnement, elle y passait tout son temps, à cuisiner. Il y avait toujours du sucre et de la farine, et ce qu'elle réussissait à mettre de côté ou à troquer. Il y avait des tartes aux pommes *szarlotka*, des gâteaux à la crème *babeczka*, du pain d'épice fourré de confiture de prunes. Elle cuisinait comme si sa vie en dépendait, et c'était peut-être le cas. Elle m'avait plu depuis le jour où j'avais emménagé, fraîchement arrivé de Wrocław, envoyé chez elle par le centre d'hébergement pour étudiants. J'appréciais sa voix chaleureuse et sa présence douce, et son petit visage enfantin. Elle semblait si vieille que cela la rendait presque sans âge, comme un être venu d'un autre monde. En général, elle dormait sur le canapé marron dans le salon, à côté de la table où nous mangions et de l'armoire renfermant la collection de pierres que son défunt mari avait laissée. Mais l'été, l'immeuble chauffait comme une serre, et parfois, quand je me levais la nuit pour aller aux toilettes, je la voyais, par la porte ouverte de la cuisine, dormir sur le sol carrelé, monumentale et paisible comme une créature rejetée par la mer.

La porte de ma chambre se trouvait à côté de l'armoire à pierres. Elle abritait un lit pliant et un petit bureau qu'il fallait repousser pour ouvrir la porte du balcon. Nous étions au septième étage. On ne voyait que le sommet des autres immeubles, comme la tête des gens debout devant vous dans une foule.

Toi et moi, nous habitions des quartiers opposés : moi à l'ouest, toi à l'est, séparés par la Vistule. Un tram nous reliait, qui traversait la vieille ville et franchissait le fleuve. Au sud, toujours visible, le gigantesque palais de la Culture dominait le reste de Varsovie.

J'habitais là où se trouvait jadis le ghetto, que les nazis avaient entièrement rasé pour ne laisser aucune trace de leurs crimes. Wola était le nom du quartier, qu'on peut traduire par « Volonté » ou « Détermination ». Le Parti l'avait reconstruit dans le cadre de son rêve socialiste. Un réseau d'immeubles identiques alignés comme des boîtes en carton, à perte de vue. Nous l'appelions le *blokowisko*. Il y avait de nouveaux parcs, de nouveaux arbres et de nouveaux enfants, qui ignoraient le passé et jouaient entre les immeubles, sur les couches invisibles d'empreintes de pas et sur la poussière de vies oubliées.

Tu habitais Praga, l'un des rares quartiers restés presque indemnes après la guerre, d'où les Russes avaient attendu et contemplé la destruction de la ville par les Allemands, d'où ils avaient regardé sans tirer une seule balle alors que les Allemands détruisaient Wola. Tandis que ceux-ci anéantissaient calmement et froidement la vieille ville, les musées, les bibliothèques, les archives, condamnant un monde entier à l'oubli.

*

Au cours des premières semaines qui ont suivi le retour, j'ai trouvé Varsovie déserte et brûlante. Nous parcourions les avenues ensoleillées, nous achetions des baies et des fleurs de tournesol à des vieilles dames, puis nous allions les manger aux jardins Saski près de chez moi, devant la colline où est bâti le Pavillon blanc. Nous entrions dans des bars sans alcool. Nous mangions de la soupe froide *chłodnik*, le lait aigre et la betterave rose apaisant notre gosier. Nous buvions du *kompot* aux fruits, qui colorait notre langue, et comme dessert, des nouilles au beurre fondu et à la confiture de framboises. Ensuite, repus et satisfaits, nous nous étendions dans l'herbe haute près du zoo, dans Praga, et nous contemplions le ciel à travers l'épaisse ramure des arbres. Nos mots, nos histoires, se déversaient comme des sources. Je t'ai parlé de Maman et de Grand-Mère, et même de Papa. Qui nous avait quittés quand j'étais très jeune, et dont je me souvenais à peine. Dont je n'avais pas vraiment envie de me souvenir. Il s'était installé à Kalisz et n'était jamais venu me voir, nous n'obtenions de lui que la maigre pension alimentaire que le facteur nous apportait chaque mois. Maman disait qu'il n'avait jamais désiré avoir d'enfants, qu'il aurait voulu l'avoir elle tout entière à aimer et à contrôler.

Tu écoutais, tu écoutais réellement, tes yeux doux m'assimilaient sans jugement, je me sentais plus écouté que je ne pensais pouvoir l'être. Puis tu m'as parlé de ta famille dans les montagnes. De tes frères, que tu admirais étant enfant et qui étaient devenus « rien », des ivrognes comme tant d'autres, sombrant dans l'inconscience chaque jour de paye, leur corps ramassé par la police sur les bancs et les trottoirs pour leur faire passer la nuit en cellule de dégrisement. Tu as parlé de tes parents et de leur travail à la scierie. Ils ignoraient tout de toi. « Ils ne savent même pas ce que cela signifie, disais-tu en regardant la ville autour de nous. Je veux leur montrer. Ils peuvent être fiers de moi. » Tu m'as parlé de ton travail, qui allait commencer dans une semaine. « Pour le Bureau de contrôle de la presse », chuchotais-tu, comme si tu prononçais le nom d'un dieu. Un frisson m'a parcouru, me faisant oublier que c'était l'été.

— Tu veux dire le Bureau de censure, ai-je dit, te méprisant un instant. Ceux qui interdisent les livres dont nous avons le plus besoin.

L'agacement s'est affiché brièvement sur ton visage.

— Ne sois pas bête. Il faut bien commencer quelque part. Tu as mieux à me proposer ?

— Partons, ai-je dit, surpris par la témérité de ma proposition.

Mais tu as simplement eu l'air amusé.

— Où voudrais-tu aller ? À Rome, à Paris ?

— Je ne plaisante pas, Janusz.

— Tu sais quoi, Ludzio ? Tu es dingue. Regarde autour de toi. (Nous étions protégés par l'herbe haute, le soleil brillait au-dessus de nous.) Pourquoi quitterions-nous tout ça ?

Ce soir-là, nous avons pris l'ascenseur jusqu'au sommet du palais de la Culture et nous avons vu la ville étendue en contrebas, son immensité soudain minuscule, ses confins – les cheminées des usines et les forêts au-delà des dernières maisons – comme une énigme résolue. La Vistule serpentait au milieu et se prolongeait plus loin, par-delà les bâtiments construits par l'homme, vers les montagnes au sud et la mer au nord. La brume de chaleur se dissipait au-dessus des immeubles. L'été était à son comble, le temps était suspendu. Et je voulais qu'il ne redémarre jamais. Comme un dé qui tourne, tourne sans jamais s'arrêter.

*

Les semaines passaient et je n'avais pas revu Karolina depuis le camp. J'ai décidé de lui rendre visite. Elle louait une chambre chez une grutière dans Żoliborz, tout au nord de la ville, le seul quartier qu'avait vu David Bowie, quand son train s'était arrêté entre Moscou et Berlin, quelques années avant que nous nous rencontrions, toi et moi. Cela lui avait inspiré *Warszawa*, une chanson terriblement triste. Mais Żoliborz est loin d'être le pire : c'est un quartier résidentiel, composé d'immeubles de style Bauhaus, une cité-jardin laissée à l'abandon. Il y a des arbres partout, grands et indifférents, et des tapis d'herbe occupent tout l'espace entre les bâtiments gris. L'été, c'est un univers bicolore, gris et vert. Mais bien sûr, Bowie l'a vu en hiver, quand il ne reste qu'une couleur.

J'ai frappé à la porte de Karolina. La grutière a ouvert, des bigoudis sur la tête, un peignoir drapé autour de son corps en forme de barrique. Elle me connaissait, même si elle ne le laissait jamais paraître. Avec un « Bonjour » très sec, elle m'a conduit dans le couloir, décoré de vieux paquets de cigarettes occidentales (Camel, Ambassador, Marlboro) disposés sur une étagère. Elle m'a mené vers la chambre de Karolina tout au bout de l'appartement et a frappé à sa porte avant que j'aie pu le faire. Ses bigoudis ont tremblé dans ses cheveux courts.

— Mademoiselle Patocka, encore un homme pour vous !

Elle m'a lancé un regard satisfait, puis s'est éloignée. La porte s'est ouverte et le visage de Karolina est apparu, s'éclairant d'un sourire.

— Ludzio, c'est toi. (Elle m'a embrassé sur les deux joues, son chemisier doux contre mon bras nu.) Entre, ferme la porte.

Elle a traversé la pièce, a ramassé les vêtements qui jonchaient le sol, la chaise de bureau, le lit, et les a poussés dans un placard, dans un coin.

— Ne fais pas attention au désordre, a-t-elle dit en se jetant sur son lit et en ouvrant de grands yeux. Je ne t'attendais pas. Mais je suis contente que tu sois venu. Assieds-toi. (De sa paume, elle a tapoté l'espace à côté d'elle. J'ai obéi.) J'espère qu'elle n'a pas été trop méchante ?

Elle a levé les yeux au ciel après les avoir tournés vers la porte.

— En tout cas, elle n'est pas devenue plus raffinée.

— Tu as entendu comme elle essaye de m'humilier ?

— Comme si c'était un moyen de t'humilier – un autre homme qui vient te voir.

Elle a souri, ses lèvres couleur corail étirées pardessus ses grosses dents.

— Alors, comment tu vas ? (Elle m'a observé un moment, comme pour lire en moi.) Tu as changé, a-t-elle déclaré calmement, telle une voyante annonçant son avenir à quelqu'un.

— Ah bon ?

J'ai fait la grimace.

— Ton visage. (Elle a porté la main à ma joue, son majeur posé sur ma pommette.) On dirait que quelque chose s'est ouvert, quelque chose qui jusque-là était serré. Comme un poing. Je ne l'avais jamais remarqué, mais maintenant je m'en aperçois.

— Garde tes sages paroles pour un de ces messieurs qui te rendent visite. (J'ai ri en repoussant doucement sa main.) Je suis toujours le même.

Elle a haussé les épaules, s'est levée du lit et s'est assise à son bureau, qui servait aussi de coiffeuse avec un miroir sur le mur. Une photo d'Isabelle Adjani était coincée entre le cadre et le verre du miroir, une image du film *Le Locataire*, de Polanski. Derrière une énorme paire de lunettes en écaille, Adjani semblait ravie, sa chevelure volumineuse et frisée, ses doigts couverts de bagues placés sur ses lèvres en un geste séduisant. Karolina a pris une pince et s'est mise à s'épiler un sourcil. Elle me tournait le dos. Dans le miroir, son reflet semblait étonné et concentré, son regard allait de ses sourcils à la photo et à moi.

— Ne m'oblige pas à te tirer les mots de la bouche un par un – c'était comment, avec lui ?

Elle ne t'a jamais appelé par ton nom.

— C'était bien, ai-je répondu en tâchant de paraître aussi naturel que possible. Nous avons campé près d'un lac. Nagé, pêché. C'était amusant.

— Hum. (Elle a promené le bout de son annulaire le long du sourcil sur lequel elle œuvrait, puis est passée à l'autre.) Je ne savais pas que vous étiez amis, tous les deux.

Elle semblait distraite, mais je sentais que son manque d'intérêt était feint.

— C'est le dernier soir, dans la forêt, qu'il m'a proposé de partir avec lui, ai-je précisé en haussant les épaules. Et nous n'étions pas vraiment amis. Il n'avait personne pour l'accompagner et je n'avais rien à faire, donc je me suis dit que je pouvais accepter.

Elle s'est interrompue et ses yeux se sont orientés vers moi dans le miroir.

— Tu sais que tu peux me raconter, a-t-elle dit d'une voix douce, qui a résonné en moi comme une ficelle qu'on tire.

— Il n'y a rien à raconter.

Je l'ai regardée un moment, puis me suis tourné vers la fenêtre. Il y a eu un silence, pendant lequel j'ai tenté de décider si j'étais tout à coup en colère contre elle ou contre moi, parce que j'étais incapable de dire la vérité. À travers la porte, nous entendions une radio, une fanfare exécutant une marche avec une joie insistante.

— Et toi, quoi de neuf ? me suis-je obligé à demander.

— Moi ? (Elle s'est remise à son épilation.) Ta copine s'est trouvé du boulot.

— C'est génial. Quoi ?

Elle a posé sa pince, a tiré une cigarette d'un paquet sur le bureau, l'a allumée et a rapidement laissé échapper la fumée par ses narines. Le bout de ses doigts était noirci par la suie de ses Snagov, des cigarettes roumaines à bas prix.

— Secrétaire d'un connard au ministère de la Justice.

Elle s'exprimait comme un juge annonçant une peine de prison, d'un ton neutre, légèrement joyeux. Je suis resté stupéfait.

— Et ton stage ? Tu n'étais pas censée te former avec des avocats spécialistes du divorce ?

— Aucune place libre. (Elle a exhalé de la fumée, la tête baissée, fixant le tapis. Je voyais ses cils baissés vers le sol.) Apparemment, je n'avais aucune chance d'arriver quelque part sans relations, que j'aie eu des bonnes notes ou pas. De toute façon, je n'aurais pu tromper personne ! (Elle a soupiré, redressant la tête. Ses yeux tristes ont croisé les miens un instant, puis elle a regardé vers la fenêtre.) Mais ça vaut peut-être mieux comme ça, je ne sais pas. J'aurais peut-être détesté ça. Je redéposerai ma candidature l'an prochain.

J'ai acquiescé en tâchant de sembler encourageant.

— Oui, tu feras ça. C'est juste temporaire.

Elle a hoché la tête, comme si elle essayait de me croire.

— Alors c'est comment ? ai-je demandé.

Elle a haussé les épaules, pris une longue bouffée.

— Je viens de commencer la semaine dernière. Ne me demande pas ce qu'ils font réellement dans ce service. Le matin, j'apporte sa vodka au conseiller, et l'après-midi je tape une lettre ou deux. À part ça, il me traite comme une potiche devant ses collègues. Il m'a demandé de porter plus souvent mon pull moulant. Voilà à quoi auront servi mes quatre années à la fac.

Elle a pris un cendrier sur son bureau et y a écrasé la cigarette avant de l'avoir terminée.

— Je fume trop, a-t-elle marmonné en posant le cendrier sur la table et en essayant de me sourire.

— Viens ici, ai-je dit en tapotant l'espace inoccupé sur le lit, à côté de moi.

Elle a obéi. Sa tête s'est enfoncée dans mon épaule et j'ai passé un bras autour d'elle. Nous sommes restés un moment assis ainsi, nous voyant dans le miroir, cherchant quelque chose dans notre propre reflet.

— Je suis désolé, ai-je murmuré finalement.

— Oh, y a pas de quoi. Rien n'arrive jamais comme on voudrait. Et de toute façon, je suis une de celles qui ont eu de la chance. Au moins j'ai la permission de rester en ville maintenant que nous avons passé notre diplôme. Autrement, ils m'auraient renvoyée directement à Tychy, et Dieu sait ce que j'y ferais. Je vivrais chez mes parents. (Elle s'est redressée et a tenté de rire.) Simplement je ne sais pas si je supporterai ça longtemps.

— Tu ne seras pas obligée. J'en suis sûr.

— Ah oui ?

Ses yeux trahissaient le doute, le besoin d'être rassurée. J'ai hoché la tête et l'ai prise dans mes bras. Son corps était comme un brasier. J'ai presque eu l'impression que j'allais me brûler.

— Ça consume toutes mes pensées, tout mon amour-propre, a-t-elle dit avec un désespoir que je l'avais rarement entendue manifester. Je me vois déjà devenir une de ces vieilles secrétaires aigries.

— Tu ne deviendras pas l'une d'elles, ai-je protesté en la prenant par les épaules pour la regarder droit dans les yeux. J'y veillerai. Moi vivant, ça n'arrivera pas.

Elle a souri et s'est dégagée de mon étreinte.

— Tu vois, tu as *vraiment* changé. Tu es devenu optimiste.

Elle s'est levée et s'est approchée de la vitre. Les branches couvertes de feuilles d'un vert aveuglant se balançaient dans le vent, lentement, paisiblement. Elle a ouvert la fenêtre et s'y est tenue un moment, à regarder dehors, inspirant profondément.

— Et toi ? Tu as trouvé ce que tu allais faire de ta vie, Ludzio ?

— J'ai eu le temps de réfléchir cet été, ai-je dit, excessivement conscient de ma propre voix, regardant mes mains pendant que j'assemblais mes mots. Je crois que je vais tenter le doctorat, après tout. Tu sais, celui que le Pr Mielewicz voudrait que je fasse.

Elle s'est retournée lentement, le visage immobile.

— Tu es sérieux ?

J'ai haussé les épaules, croisant un instant son regard, à la fois dur et vulnérable.

— Qu'est-ce qui t'a fait changer d'avis ?

— J'ai repensé à tout ça. La pension versée par mon père touche à sa fin, et il faut que je fasse quelque chose. Ça pourrait être mieux que de pourrir dans une école ou une bibliothèque, non ?

— Avant, tu disais que tu aimerais mieux travailler en usine que de trahir tes idées.

Je me suis mordu la lèvre.

— Eh bien, ça n'était pas vrai, voilà tout, ai-je répondu en esquissant un sourire.

— Elle porterait sur quoi, cette thèse ? Et s'ils t'imposent un sujet qui leur plaît ?

J'ai à nouveau haussé les épaules, plus violemment.

— Je trouverai un moyen de m'en sortir. Ou pas.

Elle a acquiescé, puis s'est à nouveau tournée vers la fenêtre, posant les mains sur le rebord. Je me suis levé et l'ai rejointe.

Au-delà des branches, dans les maisons de l'autre côté de la rue, du linge pendait à des fils tendus devant les fenêtres : le tissu de la vie des gens séchant au soleil, s'agitant au vent. De grandes robes jaune moutarde ou rouge fané, des chemises au col raide qui ressemblaient à des hommes obèses chaque fois qu'une rafale de vent les gonflait, des serviettes usées par les années. Dans la rue, des filles en chaussettes blanches montantes avaient dessiné des cases à la craie sur le trottoir, elles comptaient et chantaient, sautant à cloche-pied de l'Enfer jusqu'au Ciel.

— J'étais sérieuse quand je disais qu'on pourrait toujours s'en aller, a-t-elle dit, la tête vers moi. Tu le sais, non ? Mon oncle à Chicago pourrait nous trouver quelque chose. Ou bien on pourrait réserver une excursion en car vers l'Allemagne ou la France, et sortir du bus pour s'enfuir.

Elle a souri, un peu tristement.

— Pas la peine de se précipiter, ai-je répondu, conscient du poids de son regard. On a toujours dit qu'on tenterait d'abord notre chance ici. Les choses vont peut-être s'arranger.

— Rien ne s'arrange jamais, ici.

Elle a fermé la fenêtre et est revenue à son lit.

— On n'en sait rien.

— Ah non ? (Elle m'a dévisagé avec curiosité.) J'imagine que tu ne t'en es pas encore rendu compte par toi-même.

*

Le lendemain je suis allé à pied dans la vieille ville, j'ai pris la « promenade du Nouveau-Monde », Nowy Świat, je suis passé devant les cafés et les magasins bondés, devant l'église où le cœur de Chopin est inhumé dans une colonne de marbre rose et où les étudiants révoltés en 1968 ont été matraqués par la police. J'ai franchi le portail en fer forgé de l'université, pour entrer dans le campus. C'était étrange d'aller là-bas en plein été, avant la rentrée : chemins déserts, pelouses désertes, les grands arbres dispensant leur ombre sans personne pour en profiter, la bibliothèque n'accueillant que deux ou trois chercheurs. J'ai été déconcerté par ce calme. Je me suis pris pour un fantôme quand j'ai traversé le département de littérature, le couloir où chacun de mes pas résonnait, et quand j'ai frappé à la porte épaisse où était inscrit PROFESSEUR MIELEWICZ. Je pouvais à peine en croire mes oreilles quand on m'a répondu « Entrez ». Comme d'habitude, le professeur était assis dans son fauteuil, entouré de piles de livres, de papiers entassés devant lui comme les gratte-ciel vacillants d'une ville apparue par magie. C'était un homme replet, d'une cinquantaine d'années, aux cheveux noirs coiffés en arrière sur son gros crâne, son large visage affable masqué par des lunettes rondes.

— *Pan* Głowacki, quel plaisir de vous voir. (Il a prononcé cette phrase sans étonnement, comme s'il avait su que je viendrais ce jour-là.) Asseyez-vous. (Il a refermé le livre qu'il lisait, glissant un stylo entre les pages.) Vous venez pour le doctorat, n'est-ce pas ?

Face à son sourire sûr de lui, j'ai hoché la tête.

— Oui, professeur.

— Vous voulez le faire, alors ?

Il m'a fixé avec intensité, presque trop directement. J'ai eu la sensation qu'il voyait à travers moi.

— Oui, professeur, ai-je répondu, avec un peu plus d'assurance cette fois.

— Bien. (Il a souri et s'est carré dans son fauteuil, ôtant ses lunettes pour se frotter les yeux comme s'il voulait en chasser quelque chose.) Vous savez dans quoi vous mettez les pieds ?

J'ai hésité.

— Pas vraiment, monsieur. (Il a ri, d'un rire profond et sonore.) Mais je veux essayer.

— Cette attitude est la bonne. (Il s'est penché en avant et a posé ses bras massifs sur le bureau, le bout de ses doigts réunis.) Parce que je ne peux rien vous garantir, voyez-vous. En fin de compte, le comité doit accepter votre proposition, et ce sont des durs à cuire. (Il a pivoté sur son siège, s'est baissé, a fouillé dans un tiroir, dont il a fini par tirer une mince liasse de papiers.) Tenez, remplissez ces formulaires. Et soumettez-moi une proposition d'ici la fin de la semaine. Nous l'examinerons ensemble.

Avant qu'il me remette les papiers, il a jeté un regard prudent vers la porte, puis ses yeux sont revenus sur moi. Il s'est exprimé à voix plus basse, en une sorte de chuchotement prémédité.

— Je n'ai pas besoin de vous dire quelles sont les conditions. Rien de trop choquant, vous voyez. (Il a eu un geste large.) Rien de controversé. Rien qui soit le moins du monde antisocialiste, rien qui sente le pro-Occident, mon cher. Récemment, ils sont devenus plus nerveux que jamais à la perspective de ce genre de choses.

— Je comprends, ai-je dit en recevant les papiers.

Nous nous sommes serré la main et je me suis dirigé vers la porte.

— Et… Ludwik ?

Je me suis retourné. Il me regardait avec une sollicitude presque paternelle.

— Tâchez de trouver un bon sujet, d'accord ? Il y a d'autres candidats. Je veux que ce soit vous.

J'ai hoché la tête et suis sorti du bureau, en refermant la porte d'une main tremblante. Une fois dans le couloir désert, j'ai poussé un long soupir.

Je suis rentré lentement chez moi. L'air était suffocant. Le ciel était gris, et un vent poisseux soufflait dans les rues, soulevant des tourbillons de poussière. Les rares personnes de sortie semblaient pressées, plus que jamais perdues dans leurs pensées, leur visage comme un masque. J'ai été soulagé d'arriver à la maison. *Pani* Kolecka n'était pas là. Je me suis assis et j'ai déchiffré les papiers que le professeur m'avait donnés. J'avais la tête vide mais je m'y suis mis tout de même, j'ai tenu mon stylo au-dessus de la feuille. Je me suis forcé à réfléchir. Je n'avais pas vraiment envie de tout ça, mais je n'avais pas non plus envie de laisser passer l'occasion. Je n'avais rien d'autre, pas d'autre voie. Et il y avait un certain plaisir à faire ce que je ne m'étais pas autorisé auparavant, la satisfaction de braver l'interdit, un défi. Je savais quel sujet j'aurais voulu traiter, le livre qui m'avait ému plus que toute autre chose, plus qu'aucun autre livre jusque-là. Mais je savais aussi que je ne pouvais pas consacrer ma thèse à *La Chambre de Giovanni*. Le livre n'avait jamais été publié en Pologne. Je n'étais même pas censé connaître son existence. Mais j'avais lu d'autres récits de Baldwin. Il y était surtout question du Noir dans la société américaine, victime de discrimination, évité par les Blancs. J'en voyais la pertinence, je voyais que c'était une dénonciation de l'hypocrisie de l'Occident, cela montrait le racisme et la suprématie blanche derrière les idées libérales et la démocratie tant vantées par les puissances capitalistes. En même temps, bien sûr, j'étais capable de m'identifier. Moi, c'est à l'intérieur que je portais ma différence, ma honte. Elle n'était pas visible – pas immédiatement pour tout le monde, du moins – mais elle était bien là, et c'était un danger. Voilà le sujet sur lequel je me suis mis à écrire.

Je me rappelais ce que j'avais lu sur Malcolm X, sur son amitié avec Baldwin, sur son combat, ses vues radicales sur l'oppression et l'autodéfense. J'écrivais avec rage, mon corps se dissolvait, ma tête tournait, j'avais perdu toute notion du temps.

La clé a tourné dans la serrure, et *Pani* Kolecka est apparue sur le seuil. J'ai été frappé par sa petite taille, encore accentuée par son filet à provisions, dont je l'ai soulagée et que j'ai posé sur le plan de travail de la cuisine.

— Merci, mon petit, a-t-elle dit en ôtant son béret. Les files d'attente sont de plus en plus longues. Ou bien mes jambes sont de plus en plus faibles. Mais j'ai réussi à trouver de la viande. (Elle a eu son doux sourire qui passait par ses yeux.) C'est un miracle.

Quelques instants après, les pommes de terre bouillaient et j'étais à table pour râper les carottes.

— Réjouissons-nous, a-t-elle dit en sortant la viande de son papier gris taché et en la plaçant sur le plan de travail. Si les choses continuent à ce rythme-là, chaque *kotlet* pourrait être la dernière. (Elle a pris un maillet hérissé de pointes pour l'attendrir, et les coups qu'elle frappait m'empêchaient presque d'entendre ses paroles.) Vous connaissez les nouvelles ?

Elle m'a donné un petit pain sec, une assiette, et s'est mise à casser des œufs sur le bord d'un bol. J'ai secoué la tête.

— Gierek a décidé d'augmenter le prix de la viande.

— Quoi ?

Je la dévisageais, incrédule. Elle s'est tournée vers moi, s'essuyant les mains sur son tablier.

— Dans les restaurants, les plats à base de viande coûtent 60 % plus cher.

— Ils ne peuvent pas faire ça, ai-je dit, la colère se mêlant à mon scepticisme.

Elle s'est de nouveau attaquée à la viande avec son maillet.

— C'est ce qu'on pensait avant. Mais ils peuvent, et ils ne s'en priveront pas.

Plus tard, nous avons mangé sans un mot, savourant chaque bouchée, la *kotlet* avec sa panure croustillante, les carottes râpées à la crème et les pommes de terre au beurre saupoudrées d'aneth. D'ordinaire, *Pani* Kolecka me racontait des anecdotes sur sa vie et son mariage, leurs voyages, comment elle avait accompagné son mari dans ses expéditions. Mais pas ce soir-là. Quelque chose pesait sur nous. Un par un, dehors dans la nuit, les réverbères s'allumaient dans le *blokowisko*.

*

Ta maison, comme toutes les autres dans Praga, était fatiguée, usée. Des impacts de balles en forme d'étoiles couvraient la façade, et des balcons rouillés donnaient sur la rue, certains avec du linge qui y séchait. Derrière les arcades de l'entrée il y avait la cour où, entourée de hautes herbes et de glaïeuls jaunes, se tenait une Vierge. Visage pâle et robe bleue, elle avait les paumes relevées vers le ciel, une auréole d'étoiles dorées autour de sa tête délicate.

En ce temps-là, j'étais aussi loin de l'Église que je pouvais l'être, mais la beauté de cette statue, au milieu de cette cour décrépite, m'a ému et m'a suivi alors que je montais jusqu'à ton appartement. L'escalier semblait si vieux et si fragile que je n'étais pas sûr qu'il supporte mon poids. Il sentait l'humidité et grinçait à chaque pas, mais il tenait bon. Au premier, une vieille femme m'a regardé avec méfiance, ignorant mon salut. Au troisième, une bande d'enfants a traversé le palier en courant, avec des cris et des jurons d'ivrognes. Tu habitais au quatrième et dernier étage.

— Ludzio, as-tu murmuré en ouvrant la porte, non sans parcourir tout le palier d'un regard scrutateur.

Ta chambre était petite, mais tu l'avais pour toi seul. Cela en soi était un luxe. Un vieux parquet en bois, deux fenêtres avec vue sur la cour, un bureau, et dans le coin un lit à cadre métallique où nous nous sommes allongés. Nous nous sommes embrassés un long moment, très fort, en tâchant d'étancher une soif sans fond.

Tu m'as demandé si j'avais faim et tu as attrapé un pain derrière les rideaux, aussitôt refermés. Tu as découpé le pain, le tenant contre ta poitrine comme un bébé et en déplaçant le couteau à dents vers ton cœur. Nous sommes restés là un moment, à mâcher avec satisfaction les tartines épaisses, à écouter les craquements de l'immeuble et les voix étouffées des voisins. Je t'ai raconté que j'avais présenté mon idée au Pr Mielewicz ce jour-là, et qu'il avait été très enthousiaste. La proposition serait prête pour soumission cette semaine.

— Formidable, as-tu dit entre deux bouchées, les yeux brillants. J'espère que ça va marcher.

— Moi aussi. Sinon… Je ne sais pas ce que je ferai.

Tu t'es tourné vers moi, apparemment encouragé.

— Je pourrais essayer de t'obtenir un emploi dans mon service une fois que j'aurai trouvé mes marques.

J'ai secoué la tête.

— Non.

Tu m'as regardé, comme si tu attendais une explication. Pendant un moment, nous n'avons parlé ni l'un ni l'autre.

— Tu es au courant, pour les prix de l'alimentation ? ai-je fini par demander.

Tu as hoché la tête et tu as tourné les yeux ailleurs.

— Et donc ? ai-je tenté.

Le silence venait désormais de toi.

— Et donc quoi ? (Tu as haussé les épaules.) S'ils font ça, c'est que ça doit être fait.

— Tu plaisantes ? Ils font ça parce qu'ils sont incapables de gérer le pays. D'après toi, où va toute notre nourriture, tous les aliments que nous produisons ? Ça sert à payer nos dettes. Ça part en Russie et en Occident. Et il ne nous reste rien.

Tu es resté un moment sans rien dire, le visage pétrifié.

— Tu as intérêt à ne pas tenir ce genre de propos devant n'importe qui. Tu le sais, Ludzio, hein ?

J'ai soutenu ton regard.

— Mais toi, tu sais que c'est vrai, ai-je répliqué avec détermination.

Tu t'es levé, tu as récupéré sous ton bureau une bouteille de *Mazowszanka* à moitié vide et tu l'as versée dans un verre.

— Oui, as-tu répondu calmement en me tournant le dos. Mais ça ne fait pas de bien de le savoir. Pas de bien du tout. (Tu es retourné sur le lit et tu m'as donné l'eau.) Dans ton propre intérêt, ne sois pas aussi tête brûlée. Ou bien tu vas t'attirer un tas d'ennuis superflus.

— Alors pourquoi ne…

— Laisse tomber, as-tu tranché brusquement, d'un ton qui m'a frappé par sa soudaine froideur. Nous n'avons pas eu les mêmes vies, toi et moi. Nous ne pourrons pas nous entendre sur cette question-là.

J'ai été pris d'un vertige, le verre était froid dans ma main. Tu ne m'avais jamais parlé comme ça, avec un tel détachement. Je ne savais pas si je voulais m'enfuir ou être rasséréné. En tout cas, je n'avais plus envie de parler. Un nouveau silence s'est installé et a commencé à disperser tes derniers mots, à apaiser leur véhémence. Tu contemplais le plafond, étendu sur le lit, et je suis venu m'allonger à côté de toi. Puis tes mains ont trouvé un chemin jusqu'à moi, tes yeux consolateurs ont rencontré les miens, le battement de tes paupières comme des excuses que tu me présentais. D'instinct, nos corps sont allés l'un vers l'autre. J'ai senti ta poitrine sous ta chemise, j'ai suivi la courbe de tes clavicules, la dureté de tes épaules. Tu avais la même saveur de terre chaude. Je t'ai retiré tes habits dans la pénombre. Ton bronzage était encore visible et, autour de nous, la maison était en vie – quelqu'un traînait les pieds plus bas, des tuyauteries gargouillaient, on ouvrait et on fermait des robinets, accompagnant nos luttes. Plus tard, à la nuit tombée, après nous être épuisés, nous sommes restés étendus face à face, le bout de ton nez sur l'arête du mien. Dans le noir, rien d'autre n'avait d'importance.

— Je commence à travailler demain, as-tu dit après un moment.

— Je viendrai te chercher à la sortie, si tu veux.

Tu as secoué la tête.

— Il vaudrait mieux éviter. Éviter de leur donner des raisons de nous soupçonner. Je te retrouverai à la piscine. Mercredi.

Je n'ai rien dit, j'ai laissé tes mots résonner dans ma tête, en les soupesant un par un.

— Donc, tout à coup, nous sommes devenus un secret, c'est ça ?

Tu t'es redressé sur tes coudes, le regard plus sombre.

— Nous avons toujours été un secret, Ludwik. Simplement, jusqu'ici, nous n'avions personne de qui nous cacher. (Tu as souri un instant, peut-être par embarras.) Tu sais ce qu'ils feraient s'ils l'apprenaient ? (Tu as froncé les sourcils.) Ils ont des listes. Ils tiennent des dossiers. Et ils savent comment utiliser l'information.

Tu as laissé ton index glisser doucement sur ma joue. J'ai eu la sensation d'une menace. J'ai reculé la tête ; ta main s'est écartée.

— Il n'y a pas de loi contre ce que nous faisons.

— Je sais. (Ta voix s'est radoucie.) Mais nous devons agir comme s'il y en avait une. Tu sais ce qu'ils ont fait à Foucault ?

Je t'ai regardé sans comprendre.

— Le philosophe ? (Tu as hoché la tête.) Quel rapport a-t-il avec nous ?

Tu t'es assis sur le lit, adossé au mur.

— Il est venu ici quand il était jeune, pour prendre la tête de l'institut français de Varsovie, et les services secrets savaient tout sur son compte. Donc ils ont trouvé un bel étudiant, qu'ils ont introduit dans le cercle de Foucault et ils ont fait en sorte que ce type le séduise. Ça a marché. Un jour, Foucault et l'étudiant ont pris une chambre au Bristol, et vlan (tu as claqué des doigts), les agents sont arrivés et les ont surpris au lit. Ils ont accusé Foucault de racolage. Une semaine plus tard, il avait démissionné et était de retour à Paris. (Ta voix semblait presque triomphante, comme impressionnée par leur efficacité. Mais pendant un instant j'ai discerné une vaguelette d'angoisse qui traversait ton visage.) Tu vois ?

Je n'ai rien dit. Les canalisations émettaient un bruit sourd, et j'ai senti une lourdeur descendre sur moi.

— Et tu veux vivre comme ça, Janusz, dans la peur ?

Tu as éclaté de rire, toute ton assurance retrouvée.

— Je n'ai pas peur. Nous devons simplement nous occuper de nos affaires. Ne pas prendre de risques, être malins. Tant que nous ferons ça, tout ira bien. Tu ne crois pas ?

J'ai haussé les épaules, avec un sentiment de défaite.

— Bien. (Tu as sauté à bas du lit, plein d'une énergie nouvelle.) Je vais prendre une douche.

Tu as enfilé une chemise et un short, et tu as disparu dans le couloir.

*

Cette semaine-là, tu as débuté au Service du contrôle de la presse et j'ai travaillé à ma proposition, soumise au comité après avoir été révisée avec l'aide du professeur. Il n'y avait plus qu'à attendre. Parce que l'appartement était petit et parce que j'étais accablé par mon énergie nerveuse, je passais mes journées à arpenter la ville. Un matin, j'ai quitté Wola et le *blokowisko* pour me diriger vers les cimetières. Le plus grand était celui de Powązki. Il y avait des ormes élagués et d'interminables alignements de tombes surmontées d'une croix, toutes entretenues, époussetées et soignées comme des sculptures dans un musée. À côté se trouvait le petit cimetière musulman, pour les Tatares, auxquels personne ne semblait jamais rendre visite. Il était de la taille d'une salle de classe, et les tombes commençaient à disparaître dans l'herbe comme un site archéologique en cours de formation. Et puis il y avait le cimetière juif. Il était vaste et profond, un rectangle sans limite visible ; personne ne pouvait jeter un coup d'œil dedans.

Il était à l'abandon, ses grilles fermées pour toujours. La seule chose que je distinguais, c'était l'armée de peupliers géants qui s'élevaient au-dessus du mur séparant – protégeant – la ville de cet éclat d'histoire. J'ai longé ce mur, ses vieilles briques rouges couvertes de vigne vierge, et j'ai admiré les arbres robustes se balançant au gré du vent. J'imaginais, de l'autre côté, la nature suivant son cours sans obstacle, la petite forêt surgissant du cœur des tombes oubliées. De là où je me trouvais, ils semblaient être les plus beaux arbres de la ville.

J'ai continué mon chemin, dépassant les usines abandonnées, où s'attardaient des nuées de corbeaux croassant de leur bec crayeux et semblable à une épée, projetant de grandes ombres sur les terrains crépusculaires. En traversant Wola pour aller vers le centre-ville, je suis arrivé sur la place où se dressait le monument au Soulèvement du ghetto. J'ai frissonné devant ses dimensions, la souffrance des visages tordus sculptés sur sa façade. J'ai pressé le pas dans les grandes avenues. On ne pouvait traverser que tous les cinq cents mètres et on se sentait à la fois exposé et isolé. J'ai marché, marché, à travers la place Feliks Dzierżyński, jusqu'au centre historique, puis un peu plus vers le sud, vers le palais de la Culture et sa flèche gigantesque qui perçait le ciel de fin d'été. Devant l'édifice, cadeau de Staline à la ville, son nœud de béton, sa plus grande cicatrice, j'ai levé la tête et j'ai eu le vertige. C'était en septembre, il faisait encore chaud, mais en un sens l'air contenait déjà un léger parfum de décomposition.

Je suis rentré chez moi à pied. La ville s'était à nouveau remplie après le vide de l'été. Les étudiants étaient de retour pour une nouvelle année universitaire, les travailleurs étaient revenus de vacances. Devant les magasins, les files d'attente enflaient comme des lèvres sanglantes – les arrivages étaient devenus si rares que le seul moyen d'acheter quoi que ce soit était d'attendre. Les queues commençaient à occuper des rues entières. J'ai dû me frayer un chemin à travers la file devant une épicerie, où des femmes munies de paniers vides tentaient de voir ce qui se passait, par-dessus la tête des autres. Parfois elles discutaient ensemble, mais en général les gens se taisaient, grommelant leurs récriminations, réprimandant ceux qu'ils soupçonnaient de vouloir dépasser.

*Pani* Kolecka sortait tous les matins, de bonne heure, et se plaçait dans les longues queues qui paraissaient les plus prometteuses, selon les rumeurs colportées par ses connaissances. Elle arpentait les files à toute heure du jour, avec des filets à provisions dans son sac à main, et chaque fois qu'elle tombait sur une file qui semblait pouvoir donner quelque chose – que ce soit du papier-toilette ou des haricots en boîte – elle s'y joignait et attendait.

La plupart des soirs, *Pani* Kolecka rentrait les mains vides, fatiguée. Elle s'asseyait à la table du salon, ses mains éclairées par une lampe minuscule, et se servait de restes de tissus pour fabriquer des bonnets qu'elle vendait dans les files d'attente. Elle me souriait quand je revenais de chez toi, à la nuit tombée.

— Attendre pour rien, faire la queue pour une possibilité, c'est ce que nous faisons tous à présent, a-t-elle dit calmement un soir, les yeux brillants de tristesse et d'ironie. Il n'y a pas d'autre monnaie que le temps. Et elle ne vaut pas cher.

Nous mangions moins, et moins varié. Je déjeunais souvent à la cantine du campus, mais il n'y avait pas de viande. Parfois nous avions de la chance. Je rentrais à la maison et elle se tenait dans la cuisine, la radio à côté d'elle diffusait du Chopin, un fumet délicieux montait de la gazinière, probablement avec une pointe de cumin. Elle adorait le cumin.

— Venez manger, Ludzio, disait-elle, un sourire dans ses petits yeux. Vous devez avoir faim. Asseyez-vous et racontez-moi votre journée.

*

Un matin, alors que j'attendais encore d'être recontacté par le Pr Mielewicz, j'ai trouvé *Pani* Kolecka étendue dans son lit au salon, la couverture remontée jusqu'au menton. « C'est à force de rester debout », a-t-elle dit en toussant. Sa toux était sèche et violente, comme une plainte. Il semblait étrange qu'un petit être fragile puisse émettre un tel son. Je lui ai préparé du thé, où j'ai fait fondre du miel qu'elle avait rapporté de la campagne, où vivaient ses sœurs. Mais cela n'a pas aidé. La toux a continué.

— Je suis désolée, a-t-elle dit, les yeux rouges d'épuisement. Il va me falloir des médicaments.

Cette nuit-là, le vent est devenu plus violent, les arbres dans la cour se sont entrechoqués, l'air hurlant parmi leurs branches. Je me suis réveillé et j'ai entendu une toux dans la pièce voisine, tranchante et incontrôlée comme une menace.

Le lendemain matin, je suis allé à la pharmacie pour *Pani* Kolecka. Ils n'avaient pas ce qu'il lui fallait.

— Nous pourrions les recevoir dans deux semaines, a dit le pharmacien, sans une ombre d'émotion sur son visage.

J'ai essayé une autre pharmacie plus loin, et j'ai obtenu la même réponse. Je suis revenu à l'appartement, la colère accumulée au creux de mon estomac vibrant à travers mon corps.

— Ne vous en faites pas, a dit *Pani* Kolecka. Tout ira bien. J'ai simplement besoin d'un peu de repos.

Je lui ai refait du thé et des légumes bouillis. Je lui ai rapporté des plats de la cantine, *ruskie pierogi* et chou fermenté. Mais la toux a continué. Ses craquements secs me tiraient du sommeil, accompagnaient mes nuits. Comme si quelque chose essayait de lui déchirer le corps de l'intérieur.

*

Pendant ces semaines, nous allions de temps à autre à la piscine de l'université, toi et moi. Elle n'était pas loin de la vieille ville, nichée sous les remparts du campus. Je me souviens de son grand hall d'accueil, de la forte odeur de chlore – j'aimais cette odeur – et des vestiaires où nous laissions nos chaussures dans un sac en toile partagé. Dans les cabines nous nous déshabillions au milieu d'autres garçons, qui se séchaient et blaguaient, inconscients de leur nudité, ou habitués à elle comme allant de soi – dos, cuisses et culs musclés, peau lisse et couverte de gouttelettes comme les feuilles d'une forêt après la pluie. Mais curieusement cela ne m'excitait pas. Quand nous étions nus ainsi, pour nous changer, nous doucher parmi eux, nous n'étions pas vraiment nous-mêmes. Nous étions plus légers, sans conséquence. Nous quittions nos rôles en même temps que nos vêtements, et nous n'appartenions plus qu'au monde anonyme des corps. Et quand nous nagions nos longueurs et que je m'enfonçais dans l'eau, je me sentais plus léger encore. Cela me rappelait notre été ensemble, l'aisance avec laquelle nous flottions à travers le lac. Tout en nageant je me dissolvais dans l'eau, et quelque chose me revenait des profondeurs de ma mémoire.

*

J'étais très jeune ; Papa venait de partir et Maman était si désemparée que j'avais peur qu'elle meure de chagrin. Elle passait ses journées dans sa chambre. Ses lèvres pâles, ses yeux rouges. Je tentais de lui remonter le moral, de la distraire avec mes livres d'images, que j'apportais près de son lit et que je lui lisais à haute voix. Puis un jour elle est sortie de sa chambre, le visage maquillé, du rouge aux lèvres et les yeux soulignés de khôl, elle m'a emmené dehors et m'a hissé sur son vélo. Nous avons roulé dans notre rue et à travers le grand parc désert menant à la piscine de la halle du Centenaire. C'est là qu'elle m'a appris à nager. C'est là que nous allions dans l'eau ensemble, et elle, ma bouée de sauvetage, me tenait tandis que je remuais bras et jambes, euphorique et libre. Elle m'a appris patiemment à me fier à mon corps, à me laisser flotter, à me déplacer par moi-même. Pendant des années nous y sommes allés ensemble, même quand je n'avais plus besoin d'elle pour me tenir. Je voulais qu'elle me voie, qu'elle soit fière de moi. Que chacun de nous se sente important pour l'autre. Donc quand est venu le jour, quelques années plus tard, où ils lui ont détecté quelque chose dans les poumons et que j'ai trouvé l'appartement vide en rentrant de l'école, avec seulement Grand-Mère qui pleurait sur le canapé, il ne m'est plus jamais venu à l'idée de retourner à la piscine. Pas sans elle. C'était comme si cette partie de ma vie était morte avec elle, pour ne plus jamais revenir.

*

Un soir, après être allé à la piscine avec toi, il commençait à faire nuit. Nous sommes sortis les cheveux encore mouillés, et nous avons vu scintiller la Vistule, les arbres bouger lentement dans le vent. L'air avait un parfum frais et humide. L'été s'attardait encore, mais on sentait déjà les vents plus froids déferlant des plaines infinies de Sibérie, annonçant la fin de la chaleur. Ce soir-là, ce fut le portail de l'automne.

Nous nous sommes avancés en bas de la pente d'un petit parc, vers la rue Dobra. C'était la première fois que je te voyais depuis que tu avais commencé à travailler, et tu m'as dit que ton supérieur t'appréciait. Qu'il t'avait déjà donné des textes à lire : des livres attendant l'autorisation d'être publiés. Ta tâche consistait à les examiner, pour détecter d'éventuelles critiques du Parti ou du contenu inapproprié pour le public. Tu semblais enthousiaste, les yeux grands ouverts, tes paroles semblaient destinées à un auditoire.

Je t'ai laissé parler, ne sachant que faire de ma colère, jusqu'à ce que tu interrompes ton discours et que tu me regardes.

— Tu n'as rien à dire ? as-tu demandé, comme si tu comptais sur des éloges.

J'ai laissé le silence s'installer, dans l'espoir qu'il rendrait floue la réalité de ce moment. Nos pas résonnaient dans la rue faiblement éclairée. Il n'y avait personne à part nous. Je me suis accroché à ce calme aussi longtemps qu'il me l'a permis, aussi longtemps que je l'ai pu.

— Tu devrais maintenant savoir que tu ne m'impressionneras jamais par ton emploi, me suis-je entendu dire. Qu'il ne nous rapprochera jamais. (Tu semblais sur le point de répliquer.) En attendant, ai-je poursuivi sans pouvoir contenir mon amertume, les queues devant les magasins s'allongent à l'infini. Il y a de moins en moins à manger. Et *Pani* Kołecka est malade. Elle tousse comme un chien qui va crever. Ils n'ont même pas les médicaments qu'il lui faudrait.

Ton visage a perdu sa tension. C'était ton tour de garder le silence.

— Je suis désolé, as-tu fini par dire, avec moins de grandiloquence, ne t'adressant plus qu'à moi.

— Je suis désolé aussi. Désolé de vivre dans ce putain de système.

Ton front s'est plissé et tu as jeté un coup d'œil derrière nous.

— Ne dis pas des choses pareilles.

Il y avait dans ta voix une nuance de crainte. Cela m'a inspiré une étrange satisfaction.

— Et qu'allons-nous faire, sinon ? Les laisser agir à leur guise ?

Tu t'es immobilisé, tu as une fois encore regardé en arrière, et tu m'as empoigné les épaules.

— Travaille. Tais-toi. (Tu m'as dévisagé.) Ne fais rien de stupide. (J'évitais ton regard.) Je suis sérieux, Ludzio. (Tu m'as secoué, comme si tu tentais de me réveiller.) Je t'ai déjà expliqué que nous ne devons pas prendre de risques. Tu veux protester ? Pour quoi ? Pour finir en prison et être un martyr pour rien ? (J'ai levé les yeux, soudain conscient que nous nous disputions ainsi dans la rue, nos visages si près l'un de l'autre.) Il y a des façons d'avoir la belle vie, as-tu continué comme si tu entendais mes pensées. Je trouverai les solutions. Tu ne peux pas me faire confiance ?

Tes yeux me suppliaient comme je ne l'avais jamais vu auparavant. Nous avons entendu un bruit de pas sur le trottoir.

— Janusz ? C'est toi ?

On te hélait depuis l'autre côté de la rue. Une fille se tenait dans la tache ronde de lumière que projetait un réverbère.

Tu m'as lâché, et ton visage s'est éclairé.

— Hania !

Elle a traversé la chaussée, et vous êtes tombés dans les bras l'un de l'autre. J'ai vu son visage sur ton épaule, souriant un instant, les yeux fermés. Mon esprit a basculé. Elle a rouvert les yeux et m'a regardé. J'avais l'impression de contempler un fantôme – cette peau blême, blanche, ces yeux sombres, intenses. Je ne l'avais jamais observée de près, mais je l'ai reconnue quand même. C'était la fille que j'avais vue avec toi au camp. Elle était très élégante, avec son trench-coat et ses bottes de cow-boy. Mais ses boucles d'oreilles étaient encore plus remarquables : des perles qui brillaient de toutes les couleurs de l'arc-en-ciel, comme les plumes d'un oiseau exotique, et si longues qu'elles lui touchaient presque les épaules. Je ne pouvais en détacher mon regard.

— Janusz, ça fait des siècles que je ne t'ai pas vu ! s'est-elle écriée en remettant ses cheveux en place, ses boucles d'oreilles suivant chacun de ses gestes. Où étais-tu pendant toutes ces semaines ?

Son regard est tombé sur moi. Il y a eu une pause pendant laquelle nous nous sommes jaugés, elle et moi, légèrement embarrassés, jusqu'à ce que tu dises :

— Allons, je vais te présenter mon collègue de natation. Hania, voici Ludwik.

Nous nous sommes serré la main. La sienne était douce et blanche comme une colombe.

— Ravie de te rencontrer, a-t-elle dit, apparemment avec sincérité, plongeant un instant ses yeux dans les miens avant de se retourner vers toi et de poser la main sur ton bras. Je vais chez Rafał, il habite tout près. Tu veux venir ?

Tu as détaché d'elle ton regard pour le ramener sur moi. Elle était entièrement tournée vers toi.

— J'aimerais bien, mais…

— Tu es *occupé* ? (Elle a haussé les sourcils.) C'est juste pour boire un verre. Tu nous as tellement manqué.

J'ai vu tes doigts se serrer sur la poignée de ton sac. Tu arborais une expression qui me semblait impossible à interpréter.

— Ce soir je ne peux pas, as-tu tranché. Désolé. La prochaine fois.

Elle t'a observé brièvement, jusqu'à ce qu'un sourire se forme sur ses lèvres.

— Très bien. Mais ma fête d'anniversaire, tu n'y couperas pas. À la fin du mois. Tu viendras, hein ?

Tu as acquiescé. Elle t'a embrassé, puis est partie en courant, ses talons martelant le béton. Nous sommes restés muets un moment, l'air curieusement lourd. Tu paraissais morose, et même soucieux.

— Tout va bien ? ai-je demandé.

Tu as hoché la tête sans me regarder.

— Ça va. Partons.

— Tu crois qu'elle nous a vus ?

— Je ne sais pas. Je ne crois pas.

Ton visage était à nouveau impénétrable.

Nous avons gravi des marches étroites bordées par un grand mur de pierre, derrière lequel se trouvaient un couvent, un cloître avec ses vergers et ses vaches qui broutaient, surplombés par des immeubles résidentiels.

Un groupe de garçons en jeans moulants venait vers nous, dans cet étroit passage. L'un d'eux tenait par la taille une fille petite et lourdement maquillée, tandis qu'un autre, au visage anguleux et aux cheveux plaqués en arrière par du gel, t'a toisé de haut en bas d'un œil curieux. Tu l'as remarqué et ton expression a semblé se durcir ; tu as détourné le regard. Nous sommes arrivés à hauteur du pont et avons attendu que le feu passe au vert. Sur notre droite s'étendait la ville, avec l'éclairage scintillant des grands immeubles, les enseignes des boîtes de nuit et des restaurants ; sur notre gauche, la Vistule et la rive sombre de Praga. J'ai cru deviner ton agitation. Tu m'as lancé un coup d'œil oblique.

— Qu'y a-t-il ? ai-je demandé.

Tu contemplais le feu rouge, droit devant toi.

— Je pense qu'il vaut mieux que je passe la nuit seul. (Tu semblais prudent, circonscrit.) Juste cette nuit.

— Pourquoi ?

— J'ai besoin d'un peu de temps seul.

J'ai regardé dans tes yeux pour tâcher d'y discerner ce que cela signifiait. Tu n'as pas bronché.

— Je suis simplement fatigué, as-tu ajouté. J'ai besoin de repos. D'accord ? On se verra bientôt.

— C'est à cause d'Hania ?

Tu as secoué la tête, sans me regarder.

— Ne te fais pas tout un film.

Le feu est passé au vert et un tram est apparu. Nous nous sommes dit au revoir, nos mains dans nos poches, puis tu as traversé sans te retourner.

*

Trois jours se sont écoulés sans que je reçoive aucun message. Pour éviter de devenir fou, j'ai pris un tram bruyant qui m'a emmené de l'autre côté du fleuve. Tu as ouvert la porte torse nu, un rasoir à la main. Tu semblais surpris de me voir, mais pas désagréablement. Tu m'as fait entrer. Il y avait un bol d'eau sur ton bureau, et un petit miroir posé contre une pile de livres.

— Je suis sur le point de sortir, as-tu dit en t'asseyant et en te passant une main sur les joues. Boire un verre. Mon patron nous a invités chez lui.

Tu t'efforçais de paraître détendu et tu m'as observé comme pour tester ma réaction. J'étais calme. Tu as repris le rasoir et tu t'es à nouveau regardé.

— On peut se voir demain ? À la piscine ?

J'ai hoché la tête, soulagé d'avoir au moins une certitude.

— Bien sûr. Amuse-toi bien ce soir.

J'ai réussi à prononcer cette phrase sans qu'elle sonne comme un sarcasme. Tu t'es levé et tu m'as embrassé sur la bouche avec fougue, le rasoir toujours à la main.

Je suis allé dans un café d'étudiants près du campus et me suis préparé en vue de l'entretien que je devrais passer devant le comité si je franchissais l'étape suivante. J'en étais venu à aimer mon sujet, sur l'analyse du racisme en Amérique par Baldwin. Le Pr Mielewicz m'avait également complimenté, précisant que je serais le premier à m'y intéresser dans notre pays. Cela m'a fait songer que, tout au long de ma vie, jusqu'alors, tout ce que j'avais fait m'avait paru sans intérêt ou remplaçable. Là, pour la première fois, quelque chose était entièrement à moi, quelque chose avait besoin de moi pour exister. Je m'attendais à être contacté d'un jour à l'autre par le professeur. Je tâchais de garder espoir.

Quand le café a fermé, j'ai ramassé mes affaires et je suis parti. La nuit était douce, ce serait peut-être la dernière de l'année, donc j'ai décidé de rentrer chez moi à pied, par le chemin le plus long. Je me suis dirigé vers la vieille ville, dont les lumières étaient déjà éteintes. Des couples s'embrassaient, assis au pied de la colonne du roi Sigismond ou adossés aux murs du château reconstruit. J'ai traversé les petites rues étroites, je suis passé devant la cathédrale et je suis arrivé sur la place du vieux marché, presque déserte à part quelques touristes qui photographiaient les façades baroques restaurées. Le ciel était un carré, délimité par les hautes toitures de ces maisons. Puis j'ai entendu le son faible mais persistant d'un saxophone, poursuivi par celui d'une contrebasse. La mélodie dérivait dans l'air, à peine plus qu'un murmure de jazz.

J'ai marché vers ce son, de l'autre côté de la place. La musique semblait venir d'un bâtiment obscur, aux rideaux tirés. Une fenêtre du rez-de-chaussée était éclairée. Je me suis accroupi pour regarder l'intérieur d'une cave voûtée, remplie d'une foule animée, la fumée montant des visages vers le plafond, les verres tenus près des lèvres. Un orchestre jouait juste sous la fenêtre. J'ai reconnu que la musique était de Krzysztof Komeda, peut-être pour le film *Le Couteau dans l'eau*, attirante, chaotique, puis langoureuse. Mon esprit écoutait l'histoire des notes pendant que mes yeux parcouraient la foule, jusqu'au moment où ils se sont posés sur toi.

Ça a été comme si quelqu'un avait coupé le son, comme un choc électrique dans mon cerveau. Toi et ton visage parfaitement rasé, tourné vers elle, son lobe entre tes doigts. Ses longues boucles d'oreilles reflétant la lumière dans toutes les couleurs du spectre. Un mouvement soudain a traversé mon ventre comme un serpent. Vous bougiez ensemble au rythme de la musique, tu la tenais et elle te tenait. Ses mains étaient sur tes épaules, ses ongles vernis brillaient dans la lumière, sa jupe longue se mouvait en suivant les accords. C'est une image que je ne peux oublier : tes mains sur sa taille, tes doigts s'enfonçant dans le tissu de sa jupe. Ils y semblaient fixés, et j'étais frappé par la tendresse de tes yeux. Je vous observais comme deux inconnus. J'essayais de me rassurer : cela ne voulait rien dire, ce n'était pas réel. Pourtant je ne pouvais plus te regarder sans me sentir absolument vidé de toute force. Je me suis redressé, j'avais la tête qui tournait, je voyais flou. Je suis rentré chez moi, mon cœur battant deux fois pour chaque pas que je faisais.

*

Tu n'as jamais su que je t'avais vu ce soir-là, j'imagine. Te rappelles-tu la musique ? Te rappelles-tu ses boucles d'oreilles ? Y a-t-il des choses que tu as oubliées, ou des choses que j'ai ratées ? Ma mémoire a ses limites, bien sûr. Elle peut remplir les blancs sans l'avouer, dramatiser ou réécrire. Je suppose qu'il n'existe pas de mémoire photographique pour les émotions. Mais telle est ma vérité en ce moment, pour le meilleur et pour le pire.

J'ai quitté le travail de bonne heure aujourd'hui. L'appartement était en désordre, donc j'ai fait du rangement. Ici, le froid commence à arriver, mais les températures sont encore agréables pour la saison. Le matin, il vaut mieux porter un manteau, mais en milieu de journée le soleil tape et, dans les avenues de Midtown, les hommes d'affaires enlèvent leur veste à l'heure du déjeuner, leur chemise blanche brille dans la lumière hivernale, leur cul musclé en salle de sport tend le tissu de leur pantalon lorsqu'ils marchent d'un pas résolu dans la rue. Pas comme au pays, où les gens doivent maintenant s'emmitoufler dans des écharpes et des bonnets. Je parie que l'air est déjà mordant, qu'il te pique le visage. Je me rappelle ce froid, ce froid vif et sans pitié de Varsovie en décembre. Pendant un instant, je me crois là-bas, dans les odeurs de diesel et de charbon, dans les longues et larges avenues, le palais de la Culture nous dominant, toi à côté de moi. Bien sûr, je les vois encore ici, les Polonais, dans les rues de Greenpoint, qui achètent leurs gâteaux au pavot, leur *pierogi* et leur fromage *twaróg*. Je les repère à un kilomètre. Si facilement. On reconnaît ses compatriotes. Mais ceux qui viennent ici sont différents – ils ont l'espoir dans les yeux, exactement comme lorsque j'ai débarqué. Ils sont éveillés.

J'ai allumé la télé à dix heures. Un discours de Reagan, des images d'une navette spatiale, Mohammed Ali s'écroulant sur le ring. Puis, derrière la présentatrice est apparu un drapeau rouge et blanc, et mes entrailles ont perdu tout leur poids. « La loi martiale se prolonge en Pologne », a dit la dame aux dents blanchies et aux larges épaulettes.

« Malgré l'expulsion des journalistes étrangers, tout indique que l'armée polonaise a stationné des chars et des milliers de soldats dans les cinq plus grandes villes du pays, en réaction à une vague de protestation. Selon les experts, cela montre que le gouvernement souhaite régler cette crise sans l'aide du Kremlin, pour éviter une escalade de violence. Néanmoins, les bases militaires soviétiques en Pologne restent sur le qui-vive. »

Une photo a rempli l'écran pendant plusieurs secondes, montrant un tank garé sur une place enneigée, deux soldats sortant de la tourelle. Derrière eux, un bâtiment que j'ai reconnu avec un élan de nostalgie – le Moskwa, un cinéma où j'allais parfois avec

Karolina. Mais le plus remarquable : l'affiche suspendue au-dessus du char, *Apocalypse Now* en lettres rouge sang, le nouveau film de Coppola. Pendant un moment, l'absurdité de la scène m'a rempli la gorge, menaçant de m'étouffer. Toutes ces années, ils nous avaient laissés regarder les films étrangers, ils nous avaient autorisé ces aperçus du monde de l'autre côté du Mur, de libertés que nous n'avions pas. Croyaient-ils vraiment que nous serions éternellement dociles ?

J'ai pensé au photographe et à son courage, en imaginant comment cette image avait pu sortir du pays : une pellicule passée en contrebande en Allemagne de l'Ouest, dans un tiroir secret ou dans un tube de dentifrice vidé. Des silhouettes anonymes prisonnières du mauvais côté de l'histoire, comprimées et roulées dans la poche d'un inconnu. Peu importe ce qui se produit dans le monde, si brutal ou dystopique que soit l'événement, tout n'est pas perdu s'il y a des gens qui risquent leur vie pour en rapporter un témoignage.

Les petites étincelles causent elles aussi des incendies.

*

Après t'avoir vu danser avec Hania, je me suis réveillé le lendemain avec la gueule de bois. Je me rappelais la nuit précédente et mon corps brûlait, comme un muscle douloureux. J'étais étendu dans mon lit, le ciel gris et mince par-dessus le toit des immeubles. Mes pensées étaient comme des hirondelles, elles plongeaient, évitaient le sol, remontaient et s'envolaient. Je ne savais pas comment les arrêter.

Je me suis levé pour aller dans la salle de bains, mais j'ai trouvé *Pani* Kolecka endormie dans le salon. Un détail a attiré mon attention, quelque chose de petit et de noir. Je me suis approché d'elle sans bruit. Près de sa bouche, l'édredon blanc était couvert de taches. Il y avait les mêmes sur un mouchoir qu'elle tenait dans sa main, sombres, irréversiblement écarlates. J'ai dû me retenir de pousser un cri. Elle respirait calmement, ses cheveux blancs dénoués, étalés sur son oreiller comme une auréole. Elle avait l'air d'un vieil enfant. La peur a résonné, vibré en moi comme la cloche d'une église. J'ai mis mes chaussures et mon manteau et suis sorti en hâte dans cette matinée fraîche. Le cabinet médical le plus proche se trouvait à l'angle de la rue Lénine et de l'avenue de la Liberté. J'y suis arrivé à bout de souffle, à l'heure où il ouvrait. Il y avait déjà un groupe de personnes attendant devant la porte. Une femme corpulente, assise derrière le comptoir, contemplait le carnet de rendez-vous à travers d'épaisses lunettes qui rendaient ses yeux minuscules, comme s'ils étaient à des kilomètres. Quand mon tour est enfin venu, je lui ai parlé de *Pani* Kolecka, mes mots trébuchant les uns sur les autres, la toux, les saignements.

— *Pan Doktor* est occupé, a-t-elle répondu sans lever les yeux vers moi. Rien avant la semaine prochaine.

J'ai insisté, c'était une urgence. Elle m'a regardé un instant, son visage flegmatique presque saisi de compassion.

— Dans ce cas, essayez l'hôpital. Mais je doute qu'elle passe devant des gens qui ont un membre arraché et le visage en sang.

Et elle s'est à nouveau penchée sur ses papiers.

— Vous devez bien pouvoir faire quelque chose. (Je sentais que ce moment me glissait entre les doigts.) S'il vous plaît, vous ne pouvez pas faire une exception ?

Elle a relevé les yeux vers moi, cette fois sans aucune trace d'empathie.

— Je vous ai indiqué la marche à suivre. Maintenant, arrêtez de bloquer la file de vos concitoyens.

Je me suis retrouvé dans le froid matinal, sur la vaste avenue de la Liberté, le soleil lointain ne chauffait pas, il aveuglait seulement, déversant ses larges rayons à travers la chaussée, sur la foule de gens qui couraient travailler, le visage baissé.

Un jour, peu après le départ de Beniek, en rentrant de l'école j'avais surpris Grand-Mère en pleurs sur le canapé. Elle sanglotait si fort qu'elle n'a même pas pu me dire ce qui n'allait pas, jusqu'au moment où elle s'est enfin calmée et m'a expliqué qu'on avait découvert quelque chose dans les poumons de Maman. « Ce n'est rien de grave, a-t-elle ajouté alors que ses larmes commençaient à sécher sur ses joues. Les docteurs vont s'en occuper. »

Debout dans le froid matinal, j'ai repensé à tout le temps que nous avions passé à l'hôpital, avant que Maman soit autorisée à sortir. L'horloge de la salle d'attente égrenait les minutes, je m'accrochais à la main de Grand-Mère comme à un gilet de sauvetage. Autour de nous, la fumée émanait des cigarettes tenues par des mains nerveuses, l'air était gris et lourd, impénétrable. Enfin, le médecin, grand et sec, au visage rigide, a dit qu'il avait une mauvaise nouvelle pour nous.

J'ai suivi le conseil de la dame et me suis rendu à l'hôpital le plus proche. C'était un bâtiment anonyme devant lequel j'étais passé quantité de fois sans le voir. À l'entrée, un unijambiste muni de béquilles, vêtu d'une robe de chambre reprisée, fumait une cigarette. À l'intérieur, des couloirs gris remplis de l'odeur agressive du désinfectant. J'ai pris un numéro à l'accueil et me suis assis dans la file, sur l'un des bancs. Des groupes de gens attendaient dans un silence affreux, percé seulement par les gémissements de patients étendus sur des lits de fortune dans le corridor. Les minutes s'écoulaient selon le temps des hôpitaux, solide et indifférent comme un glacier. En face de moi, un homme lisait *La Tribune du peuple*. À la une, le président du Parti, Gierek, me foudroyait du regard. Il serrait la main d'une personne hors champ, son visage de souris, aux lèvres minces, totalement content de lui. J'ai serré les poings dans les poches de mon manteau.

— Numéro trente-trois !

C'était mon tour. Derrière la vitre, dans son petit cagibi, l'infirmière gardait les yeux sur les papiers placés devant elle. J'ai à nouveau tout expliqué, plus en détail cette fois, en tâchant de paraître humble, de traduire toute la gravité du cas.

— La patiente est-elle ici ? m'a-t-elle interrompu en levant la tête pour la première fois.

— Elle est chez elle. Je dois parler à un médecin, lui décrire les symptômes.

Elle avait un visage sans vie, une expression d'ennui total.

— C'est un hôpital, ici. Revenez avec la patiente ou emmenez-la chez un docteur. Numéro trente-quatre !

Ses yeux m'ont abandonné.

— *S'il vous plaît*, je suis déjà allé dans un cabinet, ils n'ont pas de rendez-vous cette semaine. Je ne pourrais pas voir un médecin rien qu'un instant ?

— Ce n'est pas moi qui fais les règles. Numéro trente-quatre !

J'allais à nouveau protester quand quelqu'un m'a écarté brutalement du comptoir. Mon corps s'est embrasé.

— Poussez-vous, a grommelé le quinquagénaire qui faisait la queue derrière moi, qui sentait la sueur et les oignons. Vous n'êtes pas le seul à avoir des problèmes.

J'ai eu envie de le jeter à terre, de marteler la vitre de la dame à coups de poing, de leur crier dessus à pleins poumons. Je me suis vu faisant tout cela, une image claire et nette comme si cela se produisait réellement, et j'ai eu peur. Je suis parti sans un mot, sans regarder ni la femme ni l'homme. Je suis sorti dans la rue, plein de colère, les jambes tendues. J'ai marché comme en transe, sans savoir où j'étais. Jusqu'au moment où j'ai senti un contact sur mon épaule, j'ai vu que je me trouvais promenade du Nouveau-Monde, et j'ignorais pourquoi. Un inconnu, un homme en costume-cravate, se tenait devant moi. Puis j'ai vu que c'était toi. Toi, qui semblais être un autre. Tes cheveux coiffés sur le côté, tes chaussures en cuir qui brillaient. Je te méprisais pour la sympathie que je lisais sur ton visage.

— Qu'est-ce que tu fais ici ? Qu'est-ce qui t'arrive ? as-tu demandé alors que nous étions au milieu de la rue.

— *Pani* Kolecka… le sang… pas de médecin.

J'ai senti les larmes monter en moi. Des larmes de colère, je pense. Tu as posé ta main sur mon épaule, ta main lourde et chaude.

— Viens, Ludzio, allons prendre un café quelque part. Je suis en pause déjeuner. On va chercher une solution.

Ta main a descendu dans mon dos, me guidant avec toi. J'ai résisté à sa pression.

— Lâche-moi, Janusz, ai-je dit à travers mes dents serrées. J'en ai marre de chercher des solutions. J'en ai marre des paroles.

Cela ne t'a pas désarçonné ; ta main est restée où elle était.

— Ludzio, il faut te calmer. Ne nous donnons pas en spectacle. Partons.

J'ai repoussé ta main, libéré par son poids.

— Retourne à ton bureau, ai-je dit, déversant ma fureur. Et retourne dans les bras de cette fille, si tu veux.

Tu as changé de visage – tu as compris, peut-être. Je me suis vite retourné et t'ai laissé planté là.

Dès que j'ai trouvé une cabine téléphonique disponible, j'ai composé le seul numéro que je connaissais par cœur. J'ai attendu pendant plusieurs sonneries, lentes et plaintives.

— Ludwik, mon enfant.

La tendresse de sa voix râpeuse m'a secoué jusqu'à la moelle. Il y avait aussi une solitude dans cette voix, un épuisement, une voix qui n'avait plus l'habitude de parler, qui avait consumé la plupart de ses mots.

— Tout va bien, mon amour ? a-t-elle demandé.

Je sentais le silence de notre vieil appartement alors qu'autour de moi grouillait une foule de gens. J'ai hoché la tête au-dessus du combiné.

— Oui, Grand-Mère. Tout va bien. Je voulais seulement entendre ta voix. (J'ai inspiré profondément.) C'est si bon de t'entendre. Comment vas-tu ?

— Bien, a-t-elle dit gravement. Ne t'inquiète pas pour moi. Dieu te protège, mon amour. Tu reviens bientôt, n'est-ce pas ?

Cette question a remué en moi une culpabilité familière, en même temps que le regret de cette partie lointaine de mon enfance où tout semblait presque insouciant.

— Oui, Grand-Mère, promis.

J'ai raccroché et me suis remis en marche, agité par mon impuissance. J'avais la rage chevillée au corps, la vieille honte ranimée, réveillée dans les profondeurs de mon estomac, lourde, dure, aiguisée. Je marchais en direction de l'appartement, mes yeux rivés au sol, aux fissures du béton.

Je suis passé devant une énorme file d'attente à l'entrée d'une épicerie et, sans savoir pourquoi, je me suis arrêté net. Un brusque mouvement a traversé la rue, un indéniable déplacement d'énergie. Comme si la foudre allait frapper. Tout le monde a levé les yeux, y compris les gens dans la queue. Un nuage tombait du ciel, blanc et brillant sous le soleil, des feuilles de papier, comme des ailes, légères et belles, comme le temps, tourbillonnant dans l'air d'octobre. Cela ressemblait à un rêve. Tout le monde était immobile, les femmes avec leurs filets à provisions, les couples et les enfants, tendant les mains, regardant vers le haut et tout autour, laissant le papier pleuvoir sur eux. Une des feuilles s'est posée devant mes pieds. Il y avait une main rouge imprimée dessus, apparemment ruisselante de sang et saisissant des tiges de blé. NOTRE TERRE, NOTRE BLÉ. À MORT LES RUSSES, VIVE NOS DROITS ! était-il écrit en lettres noires. FRÈRES ET SŒURS, LEVEZ-VOUS CE SOIR.

Ces mots résonnaient en moi comme une voix parlant dans ma tête. La stupeur de la foule s'est changée en appréhension aussitôt après avoir lu le message. Un enfant s'est penché pour ramasser les feuilles, sa mère les lui a arrachées des mains, l'a giflé et est partie. Certains se dépêchaient ; d'autres levaient les yeux vers les fenêtres de l'immeuble qui se dressait au-dessus de nous. Debout, j'observais, tous mes sens pris de vertige, mon cerveau étonnamment calme. Des sirènes de police hurlaient déjà et la foule courait vers les bâtiments, la file se dispersait, les gens détalaient comme des renards coupables. Dans la confusion générale, je me suis baissé pour ramasser les tracts, j'en ai fourré des poignées dans mon sac, des liasses entières, j'entendais mon pouls battre dans mes oreilles. Alors que les sirènes se rapprochaient, j'ai sauté dans un tram qui passait, le cœur menaçant de jaillir hors de ma poitrine.

*Pani* Kolecka était dans la cuisine quand je suis entré brusquement. Elle s'appuyait au plan de travail comme un petit arbre fragile en robe de chambre, secouée par une quinte de toux. Je l'ai reconduite vers son lit, supportant tout son poids.

— Comment vous sentez-vous ?

Elle m'a regardé de ses petits yeux mouillés.

— Peut-être un peu mieux, mon petit.

Je l'ai aidée à s'allonger. Il y avait une grande tache d'eau là où il y avait eu du sang sur son édredon. J'ai fait semblant de ne rien voir.

Dans ma chambre, j'ai sorti ma radio et l'ai allumée. Pour couvrir sa toux. Pour couvrir mes pensées. Je voulais noyer les voix qui, dans ma tête, répétaient que conserver ces tracts était une folie et pourrait me valoir la prison. Je n'entendais même pas la musique. Assis sur le bord de mon lit, je me tenais la tête entre les mains, les yeux fermés.

Je me rappelais la procession, s'avançant lentement contre le vent sans merci, sous un ciel couleur de béton, partant de l'église où Grand-Mère et moi remerciions tous ceux qui étaient venus présenter leurs derniers hommages. Des visages consolateurs pressés contre nos joues gelées. Le soulagement que Papa ne soit pas apparu. La colère que Papa ne soit pas apparu. La procession de regret et d'impuissance partant de l'église empruntait les rues de mon enfance, les trottoirs de nos jeux, longeait notre immeuble et le parc plein d'ivrognes. Un cercueil porté au cimetière, descendu dans un trou. La terre percutant le bois. Poignée après poignée, marquant la fin de nos vies antérieures. Il ne restait que Grand-Mère et moi, la vie ayant sauté une génération. L'appartement semblait vide. Fini, les soirées devant la radio. L'actualité n'avait plus d'importance. Le monde extérieur ne nous intéressait plus. Nous nous sommes tournés vers l'intérieur. Grand-Mère s'est mise à aller à l'église tous les jours, se levant à cinq heures pour la première messe. Elle s'est placée entièrement entre les mains de Dieu, se confiant au ciel comme un don prématuré. Et moi, je me suis retiré dans mes livres. La radio dans la chambre de Maman est restée recouverte à jamais. Il n'en sortait même plus de la musique. Pas pendant de nombreuses années.

J'entendais la toux de *Pani* Kolecka, violente et épineuse. Puis j'ai allumé la radio, j'ai baissé le son, et je l'ai réglée sur 101.2, la fréquence encore gravée dans mon esprit après tout ce temps. Étendu sur mon lit, les haut-parleurs contre mon oreille, je retenais ma respiration. Il n'y a d'abord eu que de la musique, mais j'étais déjà calmé. J'avais la sensation que cette musique, par sa simple provenance, me purifiait. Ensuite, peu après, la voix familière – profonde, réconfortante et claire. Au fil des années, il y en avait eu plusieurs pour lire les informations, et c'était l'une d'elles. Ce présentateur était encore là. Cela me ramenait à la première fois où nous nous étions assis ensemble, tous les trois, autour de la radio dans la chambre de Maman. Une voix par-dessus laquelle on ne pouvait parler, qu'il faudrait écouter jusqu'au bout : « *Ici Radio Free Europe. Voici le journal de 16 heures. Vendredi 10 octobre 1980.* »

Il a parlé des grèves qui s'étaient emparées du pays, interrompant la production dans des dizaines d'endroits connus, dont des usines, des mines et des chantiers navals. Les ouvriers avaient débrayé, exigeant l'annulation de la hausse du prix de la viande, ainsi que de meilleures conditions de travail, la protection de la liberté d'expression et le droit de créer des syndicats indépendants. Jusqu'ici, il n'y avait pas eu d'affrontements violents avec les autorités. Les grèves n'avaient pas encore atteint la capitale. Mais selon des sources bien informées, ce serait bientôt le cas, sans doute cet après-midi même. « Les habitants sont priés de rester chez eux en cas d'affrontements très violents avec les autorités. »

J'ai pensé à Maman, à sa vie inutile, à sa passivité. Aux années qu'elle avait passées à écouter la radio, à m'expliquer ses vérités, et tout cela pour quoi ? Elle était morte en employée soumise du Bureau de l'électricité et n'avait jamais osé prendre la parole ou vivre selon ses idées.

— Ta mère est morte de solitude, répétait toujours Grand-Mère, affirmant que c'était parce qu'elle ne s'était jamais remariée après mon père. Mais je pense que c'est le désespoir qui l'a tuée. À force de ne faire que des choses en lesquelles elle ne croyait pas, elle devait être morte à l'intérieur depuis des années avant que son corps finisse par renoncer à son tour.

J'ai éteint la radio, je me suis levé et j'ai pris mon sac. J'ai dit à *Pani* Kolecka que je sortais me promener.

Elle a hoché la tête faiblement et a murmuré :

— Faites attention à vous.

Dehors, l'air était chargé de menaces. Le vent secouait les arbres, les feuilles sèches bruissaient et tombaient. Je me demandais où pouvaient avoir lieu les manifestations. Celles des ouvriers se terminaient toujours, dans la violence ou non, sur la petite place devant le quartier général du Parti, près du Musée national.

J'ai sauté dans un tram qui allait dans cette direction, et je sentais battre mon cœur si clairement, si distinctement que ç'aurait aussi bien pu être le moteur qui faisait avancer le véhicule. Il y avait déjà des gens qui revenaient du travail et les rues étaient pleines. Avant d'arriver au carrefour près du musée, le tram s'est arrêté tout à coup, avec une brusque secousse. Les gens ont crié, en essayant de ne pas perdre l'équilibre. Je me suis accroché de toutes mes forces pour ne pas tomber. Une petite fille et un homme ont été précipités au sol, les bras écartés. La canne de l'homme a glissé jusqu'au bout du véhicule. Je l'ai aidé à se relever, tâtant ses os à travers le tweed rugueux de sa veste, son corps léger comme un squelette. Il m'a remercié, hors d'haleine. En levant les yeux, nous avons vu le siège du conducteur inoccupé, le chauffeur parlait dehors avec un policier. Il y avait une barricade au milieu de la rue, une robuste barrière métallique bloquant le passage.

— Tout le monde descend ! a crié le conducteur en remontant. Terminus !

Les passagers s'interrogeaient du regard, perplexes.

— Mais pourquoi ? a demandé en pleurant la petite fille qui était tombée.

— Ne pose pas tant de questions, a dit sa mère. Allons-y.

Nous sommes sortis. De l'autre côté de la barrière, la rue était vide, un champ de béton sans aucune voiture, rien que des masses de gens, que la police canalisait sur les trottoirs.

— Avancez. Avancez ! criaient les policiers. Dépêchez-vous ! Rentrez tous chez vous, maintenant !

La foule s'est déplacée lentement, dans une obéissance silencieuse, avec seulement des murmures ici et là. Nous avions devant nous le vide de la rue, la place devant le bâtiment du Parti était déserte, l'immeuble lui-même se dressant, sinistre.

Je me suis senti porté par le flot loin de cette scène, et j'ai su que je devais trouver un moyen de rester là où serait l'action. C'est alors que j'ai vu une dame sortir d'un bâtiment voisin, la porte encore entrouverte derrière elle. J'ai couru et j'ai retenu la porte. Je me suis glissé à l'intérieur et l'ai refermée derrière moi.

L'escalier était silencieux. Sur les portes, de petits écriteaux indiquaient le nom des bureaux. J'ai gravi les marches avec précaution, lentement, conscient de chacun de mes pas. Du premier étage, j'ai vu la rue et la foule. J'ai continué à monter. Au deuxième, l'une des portes était à moitié ouverte. J'ai vu l'intérieur d'un bureau, deux silhouettes à la fenêtre, contemplant ce qui se passait dans la rue.

— Ne sortez pas maintenant, *Pani* Waleszka, a dit l'homme d'une voix ferme mais cordiale. Les manifestants pourraient surgir d'une minute à l'autre. Vous feriez mieux de rester ici jusqu'après leur passage.

Je me suis glissé sans bruit vers le troisième et dernier étage. Tout était calme. J'ai vu le tram abandonné par ses passagers, la foule sur les trottoirs, les policiers poussant les gens comme du bétail. Le reste de la rue était un vaste espace vide, jusqu'au quartier général. Les policiers casqués bordaient les barrières. Je me suis accroupi, comme un petit garçon perché dans un arbre, les mains sur le rebord froid de la fenêtre, mes doigts vibrants. Le soleil commençait à se coucher.

Puis quelque chose s'est approché. On entendait un bruit venu de très loin, comme le bourdonnement d'une ruche, et une horde est apparue à l'horizon. Au début, je ne les voyais pas bien, mais peu à peu j'ai deviné que c'étaient des ouvriers. Ils portaient de grosses chaussures, des combinaisons sombres, et brandissaient des banderoles au-dessus de leur tête. Et ils psalmodiaient des slogans. Dès qu'ils sont devenus visibles au milieu de la place, un mouvement a parcouru la rue et tout a changé, comme quand la pluie tombe après des heures de nuages lourds qui planent dans le ciel. La foule des trottoirs a paru s'arrêter pour observer les manifestants, et les officiers de police ont crié plus fort, ordonnant aux gens de circuler. En même temps, un détachement d'agents casqués et masqués s'est dirigé vers les grévistes. Un cri a retenti parmi les badauds – un policier avait frappé quelqu'un avec sa matraque. Sans comprendre pourquoi, j'ai su que c'était le moment. Je me suis levé. Mon cœur galopait comme une locomotive. J'ai ouvert mon sac, ouvert la fenêtre, senti l'air frais sur mon visage, le brouhaha de la rue amplifié dans mes oreilles. Puis j'ai renversé mon sac au-dessus de la rue. Les tracts ont voltigé au vent et se sont éparpillés, comme des colombes effarouchées. C'était comme le nuage que j'avais vu en début de journée, le nuage qui avait donné naissance à ce nuage-ci, qui a lui aussi réussi à arrêter le temps. J'ai vu dans la rue les visages se lever, les hommes, les femmes et les enfants, les policiers aussi, marqués par la perplexité et la stupéfaction tandis que le papier leur pleuvait dessus comme des confettis géants. J'ai cru entendre frapper violemment sur la porte, trois étages plus bas. Mon cœur battait comme un poing. J'ai regardé autour de moi. Il y avait deux portes. Je les ai essayées toutes les deux. Elles étaient fermées à clé. J'ai frappé avec insistance. Aucune réaction. Les coups sur la porte principale sont devenus réels, plus violents et plus sonores. Je suis descendu à l'étage en dessous. J'ai essayé une des portes, sans succès. Un craquement a secoué l'immeuble, un bruit de bois fracassé. Ils avaient enfoncé la porte. Des flots d'adrénaline m'ont inondé. Je ne pesais plus rien. Mes entrailles étaient en flammes. Je secouais les poignées des portes, désespéré, vidé.

— Police ! hurlaient d'en bas des voix furieuses, même si je ne voyais encore personne.

— Psssst !

Je me suis retourné. Derrière moi une porte s'était ouverte et un homme me regardait avec curiosité, me jaugeant. Puis il m'a fait signe d'entrer.

Des pas lourds dans l'escalier.

— Police !

Je me suis jeté dans la pièce, et l'homme a refermé la porte derrière moi.

Des rangers martelaient le sol juste de l'autre côté de la porte, les policiers criaient, ils ont monté les marches quatre à quatre jusqu'au sommet du bâtiment, frappant à toutes les portes du dernier étage. J'ai deviné qu'ils ne m'avaient pas vu. L'homme qui m'avait ouvert la porte avait un visage intelligent et fatigué, des cheveux gris qui lui donnaient l'air plus âgé qu'il ne l'était probablement. Nous avons échangé un rapide regard. Il y avait aussi une femme, plus jeune que lui, d'à peu près mon âge, je suppose, grande et large, au visage aimable. Nous avons entendu les policiers redescendre, frapper aux portes de cet étage-ci. À notre porte. L'homme et la femme se sont dévisagés et il a eu un signe de tête en direction d'un couloir.

— Vite, *Pani* Waleszka, la cuisine.

La femme m'a pris par le bras et nous avons filé dans l'étroit corridor jusqu'à une minuscule cuisine dont la fenêtre donnait sur la rue. Avant que j'aie pu voir ce qui se passait dehors, nous avons entendu à nouveau frapper à la porte. Puis le bruit de son ouverture.

— Citoyen, a grogné une voix dans l'autre pièce, un suspect se cache dans ce bâtiment. L'avez-vous vu ? Un jeune homme aux cheveux blonds, avec un sac à dos marron.

— Il n'y a personne ici à part ma secrétaire et moi, a répondu calmement l'homme.

— Alors vous nous laisserez fouiller ce bureau.

Les rangers ont franchi le seuil.

La femme et moi, nous nous sommes regardés dans la minuscule cuisine. Juste derrière la porte se trouvait une autre porte, très étroite, peinte de la même couleur que le mur. *Pani* Waleszka l'a rapidement ouverte, a sorti quelques balais qui se trouvaient à l'intérieur, et m'a poussé dedans. Je pouvais y tenir sur le côté, et elle a refermé. Je l'ai entendue placer les balais par-dessus, courir vers une autre partie du bureau, puis le bruit de ses talons a résonné sur le plancher du couloir.

— Y a-t-il quelqu'un dans cette autre pièce, citoyenne ?

— Non, monsieur l'agent, a répondu la femme, sans trahir la moindre tension.

La porte de la cuisine s'est ouverte tout à coup, et celle de ma cachette a tremblé. Je les voyais à travers une fente, un tout petit fragment. J'ai cru que mon cœur allait éclater. Ils étaient deux. Des hommes empourprés, irrités, en uniforme, à quelques centimètres de moi. Je ne te reverrais jamais. La panique m'a saisi et m'a entraîné dans l'abîme. Les policiers se déplaçaient à pas rapides, ils ont fouillé des yeux la cuisine, ont regardé la rue par la fenêtre.

— Merde, a murmuré l'un d'eux en frappant du poing sur le plan de travail de la cuisine.

— Personne ! a crié l'autre dans le couloir.

On a gratté à la porte.

— Vous pouvez sortir maintenant, a dit la voix de la femme.

Je ne sais pas combien de temps j'avais passé dans ce placard, à écouter les policiers écumer le bâtiment, frapper aux portes, fouiller les appartements et les bureaux, revenir interroger l'homme et la femme, se renseigner sur leur compte, et l'agitation à l'extérieur, les cris de la foule, puis peu à peu, l'extinction de tous les bruits à part le couinement des sirènes de police. Finalement, j'ai entendu les voitures klaxonner, les trams bourdonner, et ce grattement.

La porte de ma cellule s'est ouverte. Ils étaient là tous les deux, une ampoule électrique suspendue au-dessus de leur tête, la nuit dans la rue derrière eux. J'ai désencastré mon corps de sa cachette, me suis épousseté, conscient de leur regard sur moi. Ils avaient enfilé leur manteau, et tous deux avaient l'air épuisé et curieux.

— C'était très courageux de votre part, a dit *Pani* Waleszka.

— Et idiot, a ajouté l'homme, avec l'esquisse d'un sourire dans ses yeux gris.

— Je sais, ai-je répondu, non sans gêne. Merci. Vous m'avez sauvé.

*Pani* Waleszka a rempli un verre d'eau et me l'a donné.

— Oui, et on l'a échappé belle, a renchéri l'homme en me regardant. C'était un spectacle intéressant, par ailleurs, ces papiers volants. Quelle idée, de distribuer de la propagande ici, quand toute la police de la ville est mobilisée dans la rue. Sans nous, vous auriez passé la nuit en prison. (Il a souri, me tendant la main.) Je suis Tadeusz Rogalski, avocat.

Sa main était large et douce, ses doigts comme des pelotes à épingles.

— Je m'appelle Ludwik.

— Et voici *Pani* Waleszka, ma secrétaire.

Nous nous sommes serré la main.

— Vous pouvez m'appeler Małgosia, a-t-elle dit.

— Alors que s'est-il passé ? ai-je demandé.

Ils ont échangé un regard.

— Ils ont dispersé les grévistes, a répondu Małgosia d'une voix hésitante, presque malgré elle. Quelques personnes ont été blessées.

— Y a-t-il eu des morts ?

— Nous ne savons pas, a dit l'homme en contemplant le sol. Des ambulances sont venues et ont emmené des gens.

— Pensez-vous que je puisse sortir sans danger ?

— Ils vous cherchent peut-être encore. Ou pas. Mais il vaut mieux ne courir aucun risque. Nous sortirons par l'arrière. Allons-y.

Nous avons descendu l'escalier sombre très calmement. Avant d'atteindre le rez-de-chaussée j'ai entendu le bruit des voitures – la porte principale, sortie de ses gonds, reposait contre un mur. Nous nous sommes faufilés dans un long corridor obscur menant dans la direction opposée, où *Pan* Tadeusz a vite ouvert une porte. Nous nous sommes glissés dans une cour sans éclairage. Il y avait de la lumière à quelques-unes des fenêtres face à nous, les lampes derrière les rideaux tirés semblaient de mauvais augure, comme des secrets sur le point d'être dévoilés. Nous avons marché à pas pressés vers une Trabant blanche, et ils m'ont ordonné de me coucher sur la banquette arrière. Nous avons démarré, le moteur vibrant, ma joue froide contre le cuir. Une fois sortis de la cour, nous nous sommes coulés dans les artères de la ville, nous insérant dans son corps comme un virus insoupçonné. Je voyais les maisons et les monuments défiler en contre-plongée, à la fois familiers et rendus neufs par cette perspective. Les sirènes de police hurlaient dans le lointain, puis la Trabant s'est arrêtée à l'entrée du *blokowisko*.

— Bonne nuit, Ludwik, a dit l'homme en se retournant vers moi. Faites attention à vous. Et ne tentez pas le diable.

# 5

Ce matin, comme chaque matin, j'ai pris le métro jusqu'à Manhattan. Je me suis assis à mon bureau et j'ai essayé de travailler, mais mon esprit était au pays. J'avais un mauvais pressentiment. Une sorte d'intuition. Dès que midi a sonné, je suis sorti et j'ai marché sur quelques centaines de mètres jusqu'à la cabine téléphonique située à l'angle de la Troisième Avenue et de la 43e Rue Est. Il n'y a jamais personne là-bas, et il n'y avait personne aujourd'hui. J'ai appelé Jarek. C'est un fixeur, un intermédiaire, qui sait tout sur tout le monde dans la communauté. Il travaille la nuit dans une usine du Queens et je savais qu'il serait chez lui.

— T'es au courant ? a-t-il demandé de sa voix de fumeur, presque aussitôt après avoir décroché. Les ZOMO ont tué neuf mineurs à Katowice, qui protestaient contre la loi martiale. Tu le crois ? D'abord ils enferment les gens dans notre pays, après ils les mettent en prison, et maintenant ils les abattent dans la rue. Les fils de putes. Cette fois, ils vont le payer.

Un frisson a parcouru mon dos et mes lèvres.

— Tu es sûr ?

Il a craché ses mots comme des balles.

— Putain oui, que je suis sûr. C'est du sérieux.

J'ai pensé aux mineurs et j'ai été frappé par l'idée que c'étaient peut-être les mêmes que j'avais vus il y a un an, de cette fenêtre par laquelle j'avais lancé les tracts. Ou bien ça aurait pu être moi. Mais par rapport à eux, j'avais été lâche. Je m'étais caché sous un rebord de fenêtre, dans un placard de cuisine ; je n'avais pas défilé dans les rues pour revendiquer le droit d'être entendu. Un océan me séparait d'eux désormais, et je portais un costume neuf. Je me suis demandé quel rôle tu jouais dans tout cela, quel genre de pacte tu avais signé avec toi-même. Parce que chacun de nous ne fait qu'un, même les meilleurs d'entre nous. Et cet un est rarement irréprochable, malgré tous nos efforts.

— Głowacki ? T'es encore là ? (La voix de Jarek m'a rappelé à la réalité.) Tout va bien ? T'as de la famille à Katowice ?

— Non. Ça va.

Je l'ai remercié, ce qui m'a paru macabre, et j'ai mis fin à notre conversation. Puis, pour la énième fois cette semaine, j'ai composé le numéro de Grand-Mère.

La ligne a fait *bipbipbipbipbip*, se répétant impitoyablement comme un reproche.

Je suis reparti au travail, en attendant que la tristesse se passe.

*

Le soir qui a suivi les tracts, j'ai dormi d'un sommeil profond, sans rêves, comme si je flottais sous l'eau. J'avais largué les amarres, j'étais un navire qui avait finalement quitté le port, pour être poussé par le vent, sans contrôle sur sa direction. Quand je me suis réveillé, je ne savais plus trop qui ni où j'étais. J'avais l'impression d'être revenu d'un long voyage sous la mer. J'étais sur mon lit, tout habillé ; mon sac gisait à côté de moi, à terre. Dehors, le soleil était haut dans un ciel immaculé.

J'ai entendu tousser *Pani* Kolecka. Je me suis levé pour aller la voir, les vestiges du sommeil dispersés par l'angoisse. Il n'y avait pas de sang sur elle, ni sur les draps. Je suis allé lui préparer son thé dans la cuisine, me demandant ce que j'allais lui faire à manger, me demandant si j'allais à nouveau tenter le cabinet du médecin. Me demandant s'il était même prudent pour moi de sortir dans la rue. Si la police ne viendrait pas à ma recherche, ou si j'étais paranoïaque. Puis, tandis que je servais le thé à *Pani* Kolecka, on a sonné à la porte. Une sonnerie stridente, comme un cri.

*Pani* Kolecka m'a regardé. Nous ne recevions jamais personne, sauf une voisine qui venait tous les vendredis tricoter avec elle. Mais nous n'étions pas vendredi.

— *Pan* Ludwik, vous attendez de la visite ?

J'ai secoué la tête, tendant l'oreille.

On a de nouveau sonné, avec plus d'insistance.

— Vous ne voulez pas aller voir qui c'est ?

J'ai traversé le couloir jusqu'à la porte, les genoux incertains. J'ai fermé les yeux. Mon cœur battait à tout rompre, me rappelant que je l'avais échappé de justesse la veille, grâce au petit placard, les policiers à quelques centimètres de moi. Je me suis forcé à ouvrir les yeux, à regarder par le judas. Dans le verre globuleux ton visage était large et rond comme une lune, ton corps minuscule en dessous, attaché à toi comme une tige à une fleur. J'ai senti le soulagement m'envahir. J'ai ouvert la porte. Nous nous sommes regardés un long moment, sans rien dire.

— Je t'ai apporté quelque chose.

Tu as désigné le filet à provisions que tu avais à la main. Je t'ai fait signe d'entrer. Dans le couloir, tu as retiré tes chaussures. C'était si étrange de te recevoir là, tu faisais paraître l'endroit si petit. Je t'ai présenté à *Pani* Kolecka. Son visage s'est éclairé d'une manière que je n'avais plus vue depuis des semaines.

— Alors vous êtes ce gentil *pan* avec qui Ludwik a voyagé cet été ?

Tu as acquiescé, en gendre idéal.

— Voulez-vous du thé ? a-t-elle proposé, te regardant en adoration, quand une quinte de toux s'est emparée d'elle.

— Non, merci, as-tu dit en attendant qu'elle s'arrête. Je ne vais pas vous déranger longtemps. Ludwik m'a dit que vous n'étiez pas bien. J'ai réussi à vous obtenir un rendez-vous chez un médecin. Demain à dix heures.

Tu lui as tendu une carte de visite. Elle l'a examinée, les yeux plissés, cherchant ses lunettes.

— Mais, *Pan* Janusz, c'est un médecin *privé*, a-t-elle marmonné, l'air inquiet. Je ne crois pas que je puisse…

— Il refusera tout paiement. Ne vous tracassez pas.

Elle a réfléchi un moment, très sérieusement.

— *Pan* Janusz, comment pourrais-je accepter ?

— Ce n'est rien. Quelqu'un me devait une faveur, simplement.

Tu m'as lancé un bref coup d'œil.

Le visage de *Pani* Kolecka s'est fendu en un sourire involontaire.

— Je ne sais pas comment vous remercier. Je vous en prie, restez déjeuner.

— Merci, mais je dois m'en aller, et vous avez besoin de repos. Une autre fois. Quand vous serez rétablie.

Tu t'es levé et lui as serré la main, et tu m'as suivi dans le couloir.

J'avais envie de te remercier mais je ne pouvais pas.

— Je me suis fait du souci pour toi, as-tu dit. Tu avais l'air si contrarié hier. Je t'ai attendu à la piscine hier soir. Et avec ces manifestations qui prennent de l'ampleur… Tu es au courant ?

— Tout va bien, ai-je répondu.

J'ai réussi à rester impassible, et j'ai vu ton visage se détendre.

Tu as tiré un paquet du filet à provisions et tu me l'as remis. Il était gros et lourd.

— Un poulet. Pour que tu puisses lui faire du bouillon.

Tu t'es agenouillé pour te rechausser.

— Comment as-tu obtenu tout ça ?

Tu t'es redressé, ton visage exactement devant le mien.

— Comme je t'ai dit, il y a des solutions.

— *Comment* ?

— Un contact. Je t'expliquerai bientôt. Prends soin de *Pani* Kolecka. Et viens me voir quand tu pourras.

Tu m'as embrassé rapidement, pour que personne ne voie ni n'entende, et tu t'es échappé, tes pas résonnant dans l'escalier.

*

J'ai emmené *Pani* Kolecka chez le médecin. J'avais poussé loin sous mon lit tous les vêtements que je portais le soir des tracts, et pour sortir je me suis coiffé d'un bonnet vert que *Pani* Kolecka avait tricoté. Nous sommes arrivés chez le docteur, un petit cabinet dans le sud de la ville. Une fois assis sur les canapés en cuir de la salle d'attente déserte, *Pani* Kolecka s'est tue, intimidée, tandis que je feuilletais le dernier numéro de *La Tribune du peuple*, redoutant d'y découvrir un dessin me représentant. Mais il n'y était pas même fait mention des grèves. Rien. Comme si cette soirée n'avait jamais existé.

Le médecin a ausculté *Pani* Kolecka avec une attention inhabituelle et lui a prescrit une dose d'antibiotiques français qu'il a tirée d'une armoire vitrée derrière son bureau. Sur le chemin du retour, nous avons croisé un cordon de policiers. J'ai retenu ma respiration, mais ils ne m'ont même pas regardé.

Cette semaine-là, je n'ai pas quitté l'appartement. Une tempête faisait rage dans mon esprit, et dehors les pluies d'automne ont commencé. Il a plu pendant des jours et des jours. Les gouttes tambourinaient sur les toits et martelaient les rues. Le tonnerre grognait comme la colère de nos ancêtres. On avait la sensation que la ville était attaquée, que la capitale et ses rues allaient céder, se dissoudre, la vie se jetant dans la Vistule puis dans les froides profondeurs de la mer.

Assis à la fenêtre, je guettais. Je ne parvenais pas à me forcer à réécouter la fréquence secrète. Une grande lassitude m'accablait chaque fois que j'y pensais, que je me rappelais cette soirée et l'abîme de peur qui s'était ouvert alors que je me tenais dans ce placard. Quelque chose en moi s'était fermé. La radio restait silencieuse.

Au lieu de cela, je veillais sur *Pani* Kolecka, je la regardais guérir peu à peu grâce au médicament que le docteur lui avait donné. Un poids s'était retiré de mon âme. Elle était encore faible, mais les quintes de toux devenaient plus courtes et moins violentes. Je lui préparais son thé, puis je m'asseyais à côté d'elle pour l'écouter. Elle me racontait les voyages qu'elle avait faits avec son mari, pour son travail, en Tunisie et en Algérie. Elle montrait ses photos, des paysages arides, désertiques, où l'on voyait des palmiers, une terre brun orangé et de petites maisons carrées construites artisanalement. On y voyait aussi une version plus jeune d'elle-même, en robe à fleurs arrivant à la cheville et chapeau de paille, regardant fièrement l'objectif. À côté d'elle, son mari, grand et massif, le contentement peint sur son visage carré, un grand chapeau blanc sur la tête. « Tout était différent là-bas », disait-elle en se souriant à elle-même. Elle m'expliquait que les gens se servaient de leur main droite pour manger et de la gauche pour se nettoyer.

— Ces Arabes sont très différents de nous. Mais si gentils.

Il y avait des photos d'eux, d'hommes grands et basanés en robe blanche et sandales, à la barbe superbe. Elle me montrait les pierres rapportées de ces expéditions, le basalte et les cristaux, le granit et les minerais scintillants. Elle les tenait devant moi comme les plus grands trésors qui soient sur terre, elle parlait de son défunt mari qui lui manquait tant, et ses petits yeux brillaient comme les pierres précieuses.

— Il faut s'accrocher à ce qu'on a, a-t-elle murmuré, pour elle plus que pour moi, ses mains veinées plaquées autour d'une tasse de thé. On ne sait jamais quand on perdra ce que l'on aime le plus.

J'ai hoché la tête et l'ai serrée dans mes bras. Elle sentait le foyer, l'antimite et le réconfort. J'ai pensé à toi.

Finalement, les pluies ont cessé. Le monde avait été lavé, et la ville était encore debout. Peu après, j'ai reçu un message du Pr Mielewicz, me demandant de venir à son bureau la semaine suivante. Je suis allé dans la salle de bains avec les grands ciseaux de la cuisine et j'ai entrepris de me couper les cheveux. Les mèches tombaient dans le lavabo et à terre, légèrement, comme des plumes, comme les tracts libérés par mes mains. Je me sentais la tête plus légère. J'ai regardé mon visage, me suis souri, ai tout égalisé. J'étais beau, ai-je pensé, tondu et neuf. Dehors, l'air avait déjà un parfum différent. Plus frais, plus vif – l'été était fini. Le vent d'automne me caressait la tête, comme si j'avais une nouvelle peau. Les dames promenant leur chien dans les cours portaient désormais un manteau, déboutonné, pour échanger des potins, la laisse nouée à leur poignet doux et ridé. Des flaques remplissaient les trous des rues. Les fleurs et les baies avaient disparu des étals des marchés, remplacées par les champignons.

J'ai pris le tram sautillant, j'ai vu les rives de Praga colorées d'un mélange de verts sombres et de rouges. Je suis arrivé dans ta rue, devant ta maison, j'ai monté à toute allure les marches du perron. Tu m'as ouvert et nous nous sommes étreints, mon visage dans ton cou et ton souffle chaud dans mon oreille comme un chuchotement délicat. Ta main caressait mes nouveaux cheveux.

— Elle va mieux ? as-tu demandé tout bas.

J'ai fait signe que oui, en te serrant plus fort. « Merci », t'ai-je dit dans le cou. Je sentais ton sourire contre ma joue. J'aurais voulu te redemander comment tu avais réussi, le médecin, le poulet ; j'avais prévu mes questions en chemin – au sujet d'Hania, surtout elle. Mais je n'ai pas eu la force de les poser. J'étais trop heureux de te voir, trop soulagé. Trop las pour me battre. Je me suis laissé tomber sur le lit. L'air froid m'a donné la chair de poule quand nous nous sommes déshabillés. Nous avons trouvé la chaleur sous tes couvertures. Nous avons mis nos forces à l'épreuve, luttant avec l'énergie du désir, nous nous sommes mis en nage. Nos corps comme des pierres à feu. Tu m'as pris et je t'ai pris. Mais cela ne ressemblait pas aux autres fois, aux premières fois. J'avais l'impression que nous réglions nos comptes, pour être à égalité. Comme si nous avions besoin de cela, de ce langage, de ce code, pour savoir où et qui nous étions. Et que nous nous accrochions encore tous les deux.

Après, tu t'es levé et tu as mis la radio en marche, accroupi pour le réglage. Ton dos arqué bien défini, ton cul reposant sur tes talons. Ton bronzage avait pâli, je m'en suis rendu compte, et le mien aussi. Tu as fini par trouver une station, un concerto pour piano, peut-être Mozart. Tu as allumé une cigarette et tu es revenu près du lit, la fumée flottait aimablement, caressant l'air. Je me sentais en apesanteur, à nouveau comme un des tracts que j'avais lâchés dans l'air. J'ai fermé les yeux.

— Tu avais peut-être raison, ai-je dit, sentant que tu t'allongeais contre moi.

— À quel propos ?

Tu as exhalé ta fumée. Elle s'est mêlée à l'air au-dessus de nous.

— Quand tu disais qu'il fallait garder son calme et trouver d'autres solutions. J'étais bête.

Cela m'a fait du bien de l'avouer, de me débarrasser de ma conscience comme d'un vêtement. Si seulement cette légèreté pouvait durer, comme une autre bouffée de fumée, une autre exhalaison. Le piano sonnait joyeux, infatigable. Mes yeux restaient fermés.

— Tu avais peur, as-tu murmuré. Mais maintenant tu sais qu'il n'y a pas de raison.

Ta bouche a couvert la mienne. La fumée s'est répandue de toi en moi, dans mes poumons, me remplissant, me donnant un instant l'impression que j'allais éclater.

*

Ce samedi-là, je t'ai retrouvé près des jardins Łazienki. C'était mon parc préféré dans la ville et le seul endroit que je me souvenais d'avoir visité l'unique fois où j'étais venu à Varsovie enfant, avec Maman et Grand-Mère. Nous avions pris un bateau sur le lac, nourri les cygnes et les écureuils, nous avions vu les autres familles, complètes – mères, pères et enfants. Nous avions visité le palais blanc sur l'île du lac, ce même palais qui avait fait partie des jardins d'agrément du roi et qui servait maintenant de distraction pour les bons ouvriers et leur famille. Alors que nous partions, en remontant la pente douce, nous avions vu un homme entasser des bottes de foin sous un petit toit de chaume. « C'est pour quoi ? » lui avait demandé Maman. Elle était si élégante ce jour-là ; je me rappelle le chapeau vert mousse qu'elle portait, les gants assortis. « Les cerfs », avait-il répondu, continuant à travailler. Cela m'avait paru incroyable. Que des cerfs vivent dans le parc, cachés aux yeux de tous.

Ce samedi soir, alors qu'il faisait déjà nuit et que les grilles des jardins étaient fermées, je les imaginais, les cerfs, courant sans obstacle à travers les pelouses, à travers les prés en friche, par monts et par vaux, le long des sentiers bordés d'arbres, leurs sabots frappant le gravier et éveillant les cygnes endormis. Quelle liberté, de vivre ainsi, à la fois protégés et sans limites !

Tu m'attendais à la lumière d'un réverbère. Tu portais une veste en velours côtelé marron et tes cheveux étaient peignés sur le côté, comme le jour où tu m'avais arrêté dans la rue, vêtu de ton costume, le jour des tracts. Comme ce jour-là, tu semblais être un autre, et cela m'excitait et m'effrayait en même temps.

— Très chic, ai-je dit avec un claquement de langue, pour masquer mon inconfort.

Tu as souri.

— Tu es très bien, toi aussi.

Je portais ma seule veste, une chemise blanche et mes bonnes chaussures.

— Ce n'est pas un peu bizarre que j'aille à cette fête qu'elle donne pour son anniversaire ?

Avec un petit rire, tu as posé la main sur ma nuque.

— Il y aura un tas de gens. Tu te fondras dans la masse.

Nous avons descendu l'avenue du parc, entre les hauts bâtiments du gouvernement gardés par des soldats en béret. Seules quelques fenêtres étaient éclairées, le reste était sombre, somnolent. Tu nous as entraînés dans une rue latérale, bordée de constructions d'avant-guerre, avec de grands balcons à chaque étage. Devant nous, une femme en manteau de fourrure et hauts talons promenait une saucisse à pattes, son manteau aussi luisant que la fourrure du chien, une cigarette brûlant paresseusement entre ses doigts gantés. Nous nous sommes arrêtés devant un grand portail.

Tu as appuyé sur un bouton du *domofon*, et la voix crépitante d'un homme en est sortie pour demander qui était là. Tu as dit ton nom. Il y a eu un bourdonnement et tu as poussé la lourde porte en pesant de tout ton corps.

Je n'étais jamais entré dans une maison comme celle-là. C'était une splendide *kamienica*, un immeuble d'avant la guerre, l'un des rares à avoir survécu. Le vestibule était haut et voûté, le plafond couvert de fleurs en stuc. Un tapis menait vers une autre série de portes, révélant un escalier, ancien et incurvé, à la balustrade de fer forgé. Tu as appelé l'ascenseur. Nous y sommes montés et la petite boîte silencieuse nous a soulevés sans peine. À la lumière de l'unique ampoule électrique nous nous sommes inspectés dans le miroir. Nous avions l'air sérieux et étrangement appariés, plus adultes que jamais auparavant. L'ascenseur s'est arrêté, nous en sommes sortis et tu as appuyé sur la sonnette près d'une large double porte. Un son étouffé de musique et de bavardages en provenait. Des pas se sont approchés, la porte s'est ouverte et un grand gaillard est apparu.

— Janusz !

L'homme a écarté les bras pour te donner l'accolade, vous vous êtes embrassés sur la joue. Il m'a fallu un moment pour comprendre que c'était l'ami avec lequel je t'avais vu au camp, Maksio Karowski. Il portait une veste en velours et une chemise à grand col, il affichait ce même air assuré et indifférent qui m'avait frappé auparavant. Nous nous sommes serré la main, la sienne a failli broyer la mienne.

— Enchanté, a-t-il dit, sa poigne vigoureuse et cordiale, son attention momentanée me donnant le sentiment d'être étrangement charmé.

Nous l'avons suivi dans un couloir tapissé de boiseries, jusque dans une grande salle remplie de fumée et de monde. Une musique chaude et bruyante hypnotisait les oreilles par sa pulsation. Des couples dansaient au milieu de la pièce ou étaient vautrés sur un tapis blanc à poils longs. La seule lumière émanait de lampes posées à terre, l'une près d'un grand téléviseur, l'autre derrière deux gigantesques palmiers en pots. Maksio nous a conduits au bout de la salle, où d'immenses baies vitrées donnaient sur la cime des arbres du parc, sombres et apparemment infinis.

— Servez-vous, a-t-il dit en désignant une table couverte de bouteilles et d'assiettes. Il faut que j'aille voir quelqu'un.

Avec un clin d'œil, il a disparu dans la foule.

Il y avait de la vodka, du whisky, du gin et du vermouth, des bouteilles que je n'avais encore jamais vues, et des assiettes colorées de viande en gelée, de rondelles d'ananas et de cubes de fromage. J'avais envie de tout goûter. J'ai mangé un peu de raisin et bu un peu de whisky, j'ai senti à travers mon corps la trajectoire du liquide terreux, sucré et apaisant. La musique et le rire des gens fusionnaient dans mon esprit, m'entraînant dans son tourbillon. Je ne reconnaissais personne dans la pénombre de la salle, chaque silhouette semblait également importante et séduisante : les filles en robe et sabots, les cheveux empilés très haut, les garçons en blue-jean à taille haute, chemise cintrée et veste.

— Cet endroit est incroyable ! ai-je crié dans ton oreille, par-dessus la musique, et tu as hoché la tête en articulant les mots « Je sais ».

Nous avons bu un autre verre et nous commencions à bouger au son de la musique quand un bras s'est enroulé autour de ma taille par-derrière, ongles orange et bracelets tintants.

— J'ai failli ne pas te reconnaître avec ces cheveux, beau gosse, a dit une bouche près de mon oreille.

C'était Karolina. Lèvres couleur de grenade, cils longs, épais et lourds de mascara comme des pattes d'araignée engluées.

— Qu'est-ce que tu fais ici ?

Je l'ai pressée contre moi, rassuré de voir un visage familier.

— Je suis invitée, je te jure ! s'est-elle exclamée, me prenant la tête entre ses mains pour m'embrasser sur la bouche.

J'ai senti son rouge à lèvres qui collait à mes lèvres, l'odeur de pétrole de son haleine. Elle a ri et a tendu la main vers toi comme une grande dame.

— Je ne crois pas que nous ayons été présentés.

Tu lui as accordé un baisemain, jouant le jeu.

Je l'ai prise par la taille.

— Tu es saoule ?

— Comme un cochon. Ce serait idiot de ne pas l'être.

Elle a levé son verre et pivoté sur ses talons.

Puis la musique s'est arrêtée. Le disque était fini ; on entendait le craquement sourd des haut-parleurs entre les bavardages de la foule, soudain à nu. Nous nous sommes regardés, intrigués, dans l'expectative. Un nouveau disque a été placé sur la platine par un garçon dégingandé en pantalon pattes d'eph vert. Aussitôt une série de pulsations rapides et légères ont préparé l'auditoire, attiré notre attention, extatiques, simples et obsédantes. Et avant que nous en ayons même conscience, la voix de sirène de Blondie remplissait la pièce, faisant circuler un frisson parmi nous. Nous ne connaissions pas les paroles, pas une seule, mais nous comprenions tout à *Heart of Glass* – toute son euphorie, sa décadence, le plaisir de se laisser aller. Nous nous sommes frayé un passage jusqu'au milieu de la foule, où nous nous sommes dissous dans la voix de la chanteuse, dans ses envolées aiguës, dans sa mélodie qui montait et descendait, dans le motif de la pulsation, la pulsation qui était là du début à la fin et qui exigeait qu'on la suive. Nos têtes tournaient en même temps que le disque. Nos corps devenaient les instruments de la chanson, ses prolongements, et nous ne faisions qu'un, dansant en triangle, nous agitant de droite à gauche comme des possédés. Quand la chanson s'est terminée, une autre a commencé, tout aussi bonne, entraînante et séduisante, et nous nous y sommes abandonnés. C'était comme si quelqu'un nous avait tous embarqués et déposés sur une plateforme au sommet du monde. Nous avons dansé jusqu'à ce que la sueur coule dans notre dos et sur notre front, jusqu'à ce que nous ne puissions plus reprendre notre souffle.

Plus tard, nous avons fait une pause, tous les trois, rempli nos verres, fumé près des grandes fenêtres donnant sur l'étendue sombre du parc. Elles s'étaient embuées à cause de la chaleur que nos corps dégageaient, et quelqu'un en a ouvert une pour laisser entrer l'air frais du soir. C'est alors que je l'ai vue. À l'autre bout de la pièce, discutant avec un blond à lunettes de soleil. Elle portait une longue robe à paillettes et sa chevelure était frisée, énorme, presque dressée sur sa tête. C'était une apparition. Puis son regard est tombé sur toi et elle a traversé la salle.

— C'est formidable que tu aies pu venir !

Elle s'est jetée à ton cou comme s'il était là pour ça, son parfum fleuri et épicé nous enveloppant tous. Son fard à paupières était bleu et étincelant comme celui de Ziggy Stardust. Ses yeux se sont posés sur moi.

— Je te regardais tout à l'heure, a-t-elle dit lentement, comme si elle prononçait un verdict. Tu danses comme un dieu. Et ça te va bien, cette coupe de cheveux. (Elle a jeté un coup d'œil à Karolina.) C'est ta copine, je suppose ?

Karolina a éclaté de rire, la bouche grande ouverte.

— Non, je ne suis qu'une amie, s'est-elle écriée en me dévisageant, reprenant son sérieux. Je ne suis qu'une amie.

Hania a souri poliment, elle t'a regardé puis s'est à nouveau adressée à Karolina :

— Eh bien, on devrait pouvoir te trouver un partenaire – les garçons, ce n'est pas ce qui manque ici. Janusz, on danse ?

Tu as acquiescé et tu l'as laissée te prendre le bras.

— À plus tard, a-t-elle roucoulé.

Et vous êtes partis.

Karolina et moi, nous nous sommes versé un autre verre, à présent au bord de l'ivresse totale, et nous nous sommes écroulés sur un large et profond canapé, dans l'angle, d'où nous pouvions contempler toute la salle. Le whisky était bon et fort ; sa chaleur montait tout droit de l'estomac au cerveau.

— Ça me fait vraiment plaisir de te voir, mon pote, a déclaré Karolina, les jambes croisées, presque couchée sur le canapé.

— Moi aussi, ai-je bafouillé. Qui t'a invitée, d'ailleurs ?

Elle a ri.

— Pardon, c'est Maksio qui m'a invitée. (Elle l'a montré du doigt à l'autre bout de la pièce, enlaçant étroitement une blonde en minijupe.) Ce salaud !

J'ai observé Karolina de côté, son profil se découpant sur le blanc du canapé. Elle semblait fatiguée, et pour la première fois j'ai songé que nous vieillissions tous, que nous ne serions pas éternellement jeunes.

— Mais comment tu le connais ?

Elle a haussé les épaules, les yeux rivés au sol.

— On est peut-être sortis ensemble, ou pas, a-t-elle répondu calmement, avec un sourire coupable.

— Quoi ?

— Il est venu s'asseoir à côté de moi dans le car, au retour du camp. (Nouveau haussement d'épaules.) Il sait parler aux filles.

— Je croyais qu'il n'était pas ton genre, ai-je dit, stupéfait.

— Tu as raison, mais je me sentais seule. Enfin, je trinque à tout le plaisir que nous avons à ses frais.

Nous avons entrechoqué nos verres et bu une nouvelle gorgée réconfortante.

— Mais je pensais que c'était la fête d'Hania ?

— Bon sang, a soupiré Karolina en roulant des yeux, il ne te raconte vraiment rien ! Maksio et Hania sont frère et sœur.

Je suis resté déconcerté, sans trop savoir pourquoi.

— Ah oui, alors c'est logique.

— Tout à fait, a-t-elle dit en regardant Maksio, qui embrassait maintenant la blonde. Ils se croient tout permis, elle comme lui. Tu as vu comment elle nous a confisqué Janusz ?

J'ai haussé les épaules en tâchant de tenir mon cerveau à distance.

— Ils sont amis. Pourquoi ne danserait-elle pas avec lui ?

On entendait à présent une chanson lente, une voix sombre et profonde chantant en anglais, déplorant une perte quelconque. Et chaque couple dansait et tournait dans sa propre orbite, sa propre trajectoire planétaire. Je ne te voyais pas sur la piste encombrée. J'aurais aimé que nous puissions danser ensemble, toi et moi.

— Comment vas-tu, à part ça ? a demandé Karolina, me voyant te chercher des yeux.

J'ai encore haussé les épaules, me sentant à nouveau pris de vertige.

— Bien, je crois. Je vois Mielewicz la semaine prochaine. Je pense qu'il a lu ma proposition.

— Et alors ?

— Je ne sais pas… Il n'a encore rien dit. Mais j'ai pris du plaisir à la rédiger, davantage que je ne le prévoyais. J'aimerais bien faire cette thèse.

— Et si ton sujet est refusé ?

Elle a eu l'air soucieux un instant, et je me suis demandé à quel point cette inquiétude était réelle, et à quel point il s'agissait d'amertume dissimulée. D'amertume quant à sa propre situation.

— J'ai quand même l'impression que ça pourrait marcher, tu sais ?

— Waouh, tu es devenu terriblement optimiste, a-t-elle répondu avec seulement une pointe d'ironie.

Les couples qui dansaient devant nous se sont écartés comme deux rideaux – pour te dévoiler. Toi et Hania. Enlacés, formant votre propre constellation secrète. Elle avait les yeux fermés, la joue sur ton épaule, tes doigts autour de sa taille pailletée, luisante…

Je n'avais plus les idées claires, mon esprit était comme égaré. Mais mon corps réagissait par lui-même, fossilisant mes entrailles.

— Ils ont l'air de bien s'entendre, a dit Karolina, fixant sur toi un regard noir.

Vous étiez traversés par les ondes de la chanson, Hania et toi.

— Je ne crois pas qu'elle soit son genre.

Je me cramponnais à la balustrade de mes propres mots.

— Ludzio, avec une maison comme celle-ci, on est le genre de tout le monde.

Elle a dit cela sans détacher les yeux d'Hania et toi. Elle parlait presque distraitement. Puis les autres couples ont bougé et dans leur volte t'ont à nouveau masqué. Je me suis tourné vers Karolina. Ses paroles planaient dans l'air, lourdes, refusant de se dissiper, comme une brume.

— Tu exagères. Putain, depuis quand es-tu devenue aussi pragmatique ?

Elle a ri, comme pour m'apaiser.

— Pas moi, Ludzio. Tous les autres. (Le bout de son majeur a suivi le bord de son verre. Puis elle a regardé à travers la pièce, basse et mystérieuse dans la pénombre, avec les palmiers. Ses yeux scintillaient.) C'est beau, ici. Et on ne fait pas la queue pour avoir du whisky écossais.

Elle a fait tinter son verre contre le mien et a bu une nouvelle gorgée.

— Tu es saoule, ai-je dit, sentant l'amertume de l'ivresse dans ma bouche.

La musique continuait. Les couples dansaient avec insouciance.

— Je vais aux toilettes.

Je me suis levé en titubant. Quelqu'un m'a désigné une porte au bout du long couloir et je m'y suis glissé. Ma tête tournait. Je me suis approché du lavabo et me suis éclaboussé le visage. La seule lumière venait des ampoules argentées disposées tout autour du large miroir, comme dans une loge hollywoodienne. Cet éclairage me donnait un air fatigué – plus âgé, en un sens, comme Karolina tout à l'heure. Mes yeux sont tombés sur une grosse machine carrée dans le coin. Je crois que c'était la première fois que je voyais une machine à laver. Elle luisait à la lumière, solide et rassurante, son petit hublot comme l'entrée d'un vaisseau spatial. J'ai pensé à Grand-Mère, agenouillée devant une bassine en métal, versant de l'eau d'une bouilloire, y trempant chaque chemise, chaque chaussette, chaque mouchoir, sa vie durant, un morceau de savon brun dans ses mains calleuses, frottant, récurant, les doigts brûlants.

Quand je suis revenu dans la salle de danse, Karolina n'était plus là. Je me suis assis sur le canapé à côté d'un couple qui s'embrassait, j'ai regardé les gens sur la piste, et j'ai ressenti un sentiment d'aliénation de plus en plus profond. À l'instant où j'ai commencé à me demander ce que je faisais là, et où j'ai décidé de m'en aller, la musique s'est arrêtée en plein milieu d'une chanson et les lumières se sont éteintes. La foule stupéfaite s'est immobilisée, et du couloir s'est approché dans un halo lumineux un ensemble de voix graves qui scandaient : « *Sto lat, sto lat...* » Je me suis levé pour voir. Maksio et toi, vous êtes apparus sur le seuil, munis d'un gâteau si gros que vous deviez le tenir entre vous deux. Un cercle de bougies brûlait en son centre. En un instant, tout le monde vous a rejoints pour chanter « *Sto lat, sto lat* ». « Cent ans, cent ans tu vivras pour nous. » Même moi, j'ai chanté, emporté par l'élan général. Le gâteau s'est avancé lentement à travers la foule, en direction d'Hania, qui se trouvait au milieu de la pièce, radieuse et ravie. Maksio et toi, vous êtes arrivés devant elle juste alors que le chant se terminait, une tempête de bravos et de félicitations a fait rage, des garçons sifflaient avec leurs doigts dans la bouche. Hania s'est penchée au-dessus du gâteau. Dans l'obscurité, les bougies étaient la seule source lumineuse. Elles éclairaient son visage par en dessous. Elle a pris une grande inspiration et a éteint les petites flammes, les yeux mi-clos, son visage maquillé crispé par l'effort. Je me suis dit qu'elle ressemblait à une sorcière mais je ne le croyais pas vraiment. Je ne parvenais pas à la détester. Les applaudissements étaient assourdissants. Hania a embrassé Maksio sur la joue, puis a jeté ses bras autour de ton cou. Quelqu'un a porté un toast, et tout le monde a levé son verre. Puis l'éclairage tamisé s'est rallumé et la musique a redémarré. Je me suis assis, j'ai fini mon verre et je me suis décidé à partir. C'est alors que je t'ai vu venir vers moi à travers la foule, une part de gâteau dans chaque main. Tu me souriais, mais je n'ai pas pu te sourire en retour. Tu as pris place à côté de moi et tu m'as donné une part de gâteau.

— Ça va ? Tu as l'air… tout chose.

— Ça va, ai-je menti.

Le gâteau était une superposition de couches de chocolat et de crème, étonnamment lourd et humide. Je le sentais à travers la petite serviette mince comme du papier bible.

— Mange, as-tu dit en mordant dans ta part. C'est bon.

— Je n'en ai pas envie.

Tu t'es essuyé la bouche avec le revers de la main et tu m'as dévisagé.

— Qu'est-ce qu'il y a ?

Pendant un moment je me suis tu, déterminé à te punir par le silence. Mais le besoin de parler est devenu irrésistible et les mots me sont venus tous en même temps, se soulevant comme un ballon qui se gonfle.

— Ton contact, c'est *elle*, pas vrai ?

À ma surprise, ton visage est resté détendu, insouciant.

Tu as pris une autre bouchée de gâteau.

— C'est *ça*, ton problème ? as-tu dit, la bouche pleine.

Cela m'a dégoûté, et j'ai alors compris que ton pouvoir sur moi allait inimaginablement au-delà du simple attrait physique. Tu as avalé et tu m'as regardé.

— Oui, mon contact, c'est elle. Et alors ?

— *Et alors* ? (Je t'ai regardé, je me suis obligé à poursuivre, à ne pas quitter la voie de l'affrontement que j'avais choisie.) Elle est amoureuse de toi, Janusz. C'est flagrant. Et tu la mènes en bateau.

— Parle moins fort, veux-tu ? (Il y avait une urgence dans ta voix, et tu as reposé la part de gâteau à moitié mangée sur la serviette d'un air furieux.) Arrête ton cinéma. On ne s'amuse pas ? Profite simplement. Profite, Ludwik.

— *Profite* ?

J'étais abasourdi, perdu, j'ai scruté ton visage en quête d'une explication qui donnerait un sens à tout cela.

— Tu crois que ça m'amuse, de vous regarder danser comme deux amoureux ?

Tu as balayé la pièce d'un regard rapide et tu t'es penché vers moi, ta bouche contre mon oreille.

— Je t'ai dit que je m'occupais de tout pour nous. Tu ne me fais pas confiance ?

Je me suis éloigné de toi, de tes mots.

— Tu crois que tu me rends service ? Je me passerais volontiers de ce genre d'aide.

J'ai voulu me lever mais tu m'as retenu.

— Ah oui ? Tu préfères laisser *Pani* Kolecka mourir de ses quintes de toux ? (Tu m'as toisé d'un air de défi.) On est tous menés en bateau par quelqu'un, as-tu continué, les yeux plissés. C'est ce que tu veux dire ? Que le pays est mal géré, que tout est injuste ? Alors où est le mal si je prends les choses en main pour éviter de couler ? Hein ?

Ma part de gâteau laissée intacte avait transpercé la serviette, collante et lourde dans ma main. Je t'ai observé, tes traits auparavant familiers, et j'ai eu l'impression que ton visage s'était transformé sous mes yeux. Il y avait autour de tes paupières et de tes lèvres une tension que je n'avais jamais remarquée. Sur la piste de danse, Hania se balançait doucement dans les bras du blond à lunettes de soleil. Elle semblait sereine. Le visage du garçon était immobile, seule sa bouche s'ouvrait de temps à autre pour sourire, révélant des dents parfaites.

— Il doit y avoir d'autres manières, ai-je dit calmement.

Tu semblais las.

— Ah oui ? Lesquelles ? Dis-moi.

— Je ne sais pas. Partir, par exemple.

— Tu veux dire *s'enfuir* ? (Tu m'as adressé un regard implorant.) Fais-moi confiance. Je ne lui promets rien. Je ne lui fais aucun mal.

— Pour le moment.

— Je gère, as-tu insisté. Il n'y a aucun mal là-dedans. Et c'est nécessaire.

— *Pourquoi ?* Explique-moi. Nous n'avons plus besoin d'eux pour quoi que ce soit. *Pani* Kolecka a retrouvé la santé. Tout va bien à présent.

Ton visage s'est déformé, à nouveau endurci.

— Tu ne comprends donc toujours pas ? Nous aurons à nouveau besoin de quelque chose très bientôt. La vie est pleine de ces moments-là. Comment nous débrouillerons-nous, alors ?

J'ai tenté de rassembler mes pensées, de résister. Mais rien n'est venu.

— C'est toi qui ne voyais pas d'avenir dans notre pays, as-tu dit d'une voix apaisante. Notre avenir, le voici.

J'ai suivi tes yeux, j'ai contemplé cette pièce splendide. Parmi ceux qui dansaient j'ai aperçu Karolina, ses bras autour d'un garçon que je n'avais jamais vu, une cigarette rougeoyante pendant de ses doigts.

— Tu finiras par les connaître, as-tu continué, encouragé par mon silence. Tu verras. J'ai parlé à Hania de ton doctorat, elle a eu l'air impressionnée. Nous dînons mercredi soir au Mozaika. Elle a dit que tu devrais venir.

Là encore, je me suis tu. La nuit avançait, et derrière les larges fenêtres de la pièce splendide, l'obscurité cédait la place à un nouveau matin.

## 6

Le mercredi après la fête, je suis allé voir le professeur. J'étais plus nerveux que je ne le prévoyais, mon esprit tournait en boucles hostiles tandis que je traversais la promenade du Nouveau-Monde. L'air semblait sans épaisseur. Je suis arrivé devant son bureau et j'ai frappé à la porte. Un « Entrez » étouffé m'est parvenu. J'ai affecté un sourire assuré. Le professeur m'a adressé un hochement de tête fatigué.

— Veuillez vous asseoir, a-t-il dit d'une voix étrangement sans vie.

Son visage semblait plus gris que quelques semaines auparavant, comme s'il avait vieilli depuis la première fois que je l'avais rencontré. Le silence entre nous était pesant, et semblait reposer entièrement sur ma poitrine.

— Le comité a aimé votre proposition, Głowacki, a-t-il enfin déclaré d'une voix étrangement solennelle. Ils l'aiment plus qu'ils ne veulent l'admettre, en réalité. Vous écrivez bien, vos idées méritent d'être explorées. Vous le savez.

J'hésitais, j'ignorais si c'était mon tour de parler. Un sourire douloureux a déformé son visage.

— Mais, comme vous pouvez l'imaginer, d'autres forces sont également en jeu.

Mon estomac s'est contracté. J'ai regardé le professeur, tâchant de déchiffrer son visage. Je me sentais totalement impuissant.

— Il y a d'autres candidats, a-t-il poursuivi d'une voix lasse. Leurs propositions sont moins bonnes que la vôtre. Mais... (Il a ôté ses lunettes, s'est frotté les yeux.) Certains d'entre eux ont des relations.

Nouveau silence, nouveau regard vers moi, comme s'il voulait que je le soulage de cette corvée. Mon cerveau en chute libre.

— La décision finale n'a pas encore été prise, mais si la situation n'évolue pas, il n'y a pas grand espoir pour vous. Je voulais que vous le sachiez.

Il a poussé un soupir, contemplé son bureau, ses papiers, puis a levé les yeux vers moi.

— Alors pourquoi m'avez-vous convoqué ? Que voulez-vous que je fasse ?

Ma voix était petite et irritée, davantage que je ne le souhaitais. Le professeur m'a regardé avec douceur, comme s'il avait prévu ma colère.

— Je sais à quel point ces nouvelles doivent être décevantes pour vous.

Cette remarque m'a rendu plus désespéré encore.

Il a placé ses deux mains sur les papiers devant lui et s'est penché par-dessus le bureau, de sorte que je voyais chaque poil gris de sa moustache et son bon visage rond, de plus près que jamais.

— Je sais que vous n'êtes pas membre du Parti, a-t-il quasiment chuchoté, et il est trop tard pour y entrer, de toute façon. Même si vous en aviez envie. (Il a baissé la tête, peut-être gêné par ce qu'il s'apprêtait à suggérer.) Mais peut-être connaissez-vous quelqu'un, Ludwik ? Quelqu'un que vous avez oublié de mentionner et qui pourrait faire pencher la balance en votre faveur ?

Son regard sur moi est tout à coup devenu comme le tien lors de la fête : en attente, bien trop en attente. Je suis resté immobile, retranché dans le silence.

Finalement, il a hoché la tête, visiblement mal à l'aise.

— Réfléchissez-y. Un nom vous viendra peut-être à l'esprit. Il serait dommage que vous manquiez cette occasion.

Il me semblait presque que si je n'acquiesçais pas, je pourrais faire comme si ce moment n'avait jamais existé. Je me suis tu.

Le professeur s'est levé, a tenté un sourire.

— Tenez-moi au courant dès que vous pourrez, d'accord ?

J'ai réussi à me lever, à hocher la tête dans le vide. Nous nous sommes serré la main, la mienne molle, la sienne trop grosse, et un instant après je me trouvais dans le couloir, entouré d'inconnus indifférents qui couraient en tous sens. L'année universitaire avait commencé et de nouveaux étudiants se promenaient sur le campus. De nouveaux visages, si jeunes d'aspect que j'avais peine à croire qu'il ne s'agissait plus de lycéens. Ils se pavanaient comme si l'endroit leur appartenait, comme si aucun autre étudiant n'avait jamais été là avant eux. Je suis parti, j'ai titubé dans les rues, j'ai senti le vent me mordre les doigts et le cou, me ronger le crâne.

C'était une journée froide, peut-être la première journée véritablement froide de la saison, et je n'y étais pas préparé. Je n'avais ni écharpe, ni gants, ni bonnet. J'avais sous-estimé le climat. Les arbres perdaient leurs feuilles. J'ai dérivé d'une rue à l'autre, sans savoir où j'allais. Je marchais simplement, je mettais un pied devant l'autre, sentant la vague protection du mouvement, bercé par son rythme. Mais pas assez pour oublier que la pension versée par mon père allait se tarir dans quelques semaines. Tout à coup, je n'avais plus aucune vision pour mon avenir, rien qu'un vide affreux. J'avais été naïf, et même stupide. C'est alors que je m'en suis rendu compte. Mais tant que je marcherais, je n'aurais pas à réfléchir, je n'aurais pas à affronter quoi que ce soit.

Quand je suis revenu à la raison, j'étais dans la rue Marszałkowska, et tu étais là, tu parlais à un type portant des lunettes de soleil, celui avec qui Hania avait dansé à la fête. Il s'est présenté comme Rafał et m'a tendu la main avec un sourire narquois. C'était déconcertant de ne pas voir ses yeux. Nous nous sommes regardés, toi et moi, mais nous n'avons rien pu nous dire.

Le soleil était déjà faible et descendait dans le ciel ; la température est devenue plus froide, mais je ne la sentais plus. De là où nous étions, dans la rue la plus droite et la plus longue de la ville, la perspective s'ouvrait jusqu'à la place de la Constitution avec ses énormes bâtiments staliniens et ses sculptures d'ouvriers musclés et de mères saines et robustes, et même après l'église endommagée du Saint-Sauveur, jusqu'à la minuscule place située au-delà, où vivaient Hania et Maksio. Il n'était que quatre heures mais la nuit commençait déjà à nous envelopper. Nous attendions sous l'enseigne de néon du restaurant – MOZAIKA en grandes lettres rouges imitant l'écriture manuscrite –, comme le signal de quelque chose de meilleur et de plus moderne qui pourrait illuminer nos vies. Nous parlions avec Rafał mais mon esprit était ailleurs. Je ne me rappelle pas un mot de cette conversation. Je ne me rappelle rien jusqu'au moment où une Vespa noire s'est arrêtée juste devant nous. Hania portait un blouson de motard et des bottes montantes, les cheveux détachés, et Maksio avait revêtu un pull crème comme on en met à la montagne. Tous leurs habits semblaient neufs et étrangers. Je les ai admirés comme s'ils étaient deux acteurs sortis d'un film de Fellini. Nous nous sommes embrassés sur les joues et nous sommes serré la main. Ils semblaient réellement heureux de me voir, et déjà le doux picotement de la flatterie commençait à apaiser mes nerfs. Nous sommes entrés dans le Mozaika, où régnait une chaleur agréable. Une salle au plafond bas, décorée d'une moquette rouge, le personnel en uniforme à nœud papillon noir et, une fois encore, ces gigantesques palmiers en pots, chaque feuille assez grande pour qu'on y enveloppe un bébé, se déployant dans la pièce avec langueur et paresse, totalement inconscients de leur propre magnificence. La clientèle se composait de gens qu'on ne voyait jamais marcher dans la rue, et on aurait très bien pu croire qu'ils n'existaient pas : des femmes à la chevelure volumineuse et ondulée, portant de lourds colliers brillants et des cols en renard, des hommes en costume bien taillé, au visage glabre et sérieux, la fumée s'élevant de leurs cigarettes américaines plus lentement et plus précieusement que dans le monde extérieur.

Nous nous sommes assis près des vitres teintées, sur deux banquettes de cuir capitonnées qui se faisaient face, nous avons bu de la vodka et fumé jusqu'à être enveloppés d'une douce brume. La serveuse a apporté du hareng à la crème aigre et du bortsch ukrainien au bœuf, puis un grand vivaneau rouge pour chacun de nous. J'avais la sensation d'être une autre personne, dans une autre ville, menant une vie insouciante et noble. J'étais surpris par la facilité avec laquelle j'avais chassé tout le reste de mon esprit, y compris mon entretien avec le professeur. La vodka aidait. La serveuse revenait sans cesse remplir nos verres sans qu'on ait besoin de le lui rappeler. Tu étais à côté de moi et Hania en face nous regardait en souriant. Maksio racontait anecdote sur anecdote, principalement sur les filles qu'il avait tenté de séduire, et tu l'incitais à continuer, tu le taquinais pour qu'il en dise plus, comme si tu étais exactement comme lui. Je ne t'avais jamais vu comme ça, et j'étais étonné que ça me plaise. En un sens, me disais-je, ce n'était pas vraiment toi. Quand je voyais Hania te dévisager, les yeux écarquillés, la bouche ouverte par un rire, je ne pouvais pas être jaloux.

— Donc c'est à cause de toi qu'on n'a pas vu notre Januszek pendant tout ce temps, s'est-elle exclamée à un moment en m'adressant un clin d'œil. Je commençais à craindre qu'une fille nous l'ait dérobé, alors qu'il était simplement en ta charmante compagnie.

Tu as grogné.

— Hania, tu es obligée de flirter avec tous mes amis ?

Maksio et Rafał ont éclaté de rire. J'ai rougi malgré moi. Hania a roulé des yeux dans ta direction et m'a regardé d'un air complice.

— Comment se fait-il que je ne t'aie jamais vue dans le champ, cet été au camp ? ai-je demandé pour tâcher de changer l'humeur générale.

— Excellente question ! s'est exclamé Maksio. Ma chère sœur ? Pourquoi votre Altesse Royale n'a-t-elle pas levé un doigt, pas déterré une seule betterave de tout l'été ?

C'est Hania qui a rougi alors.

— Arrêtez de me taquiner, tous, a-t-elle ordonné, feignant l'irritation, vidant son petit verre de vodka et le reposant sur la table avec un bruit qui a fait sursauter les convives des tables voisines. J'ai des mains délicates, a-t-elle gazouillé, ce qui nous a tous fait rire.

Le dessert est arrivé, de la glace nappée de chocolat et surmontée d'une montagne démesurée de crème fouettée, servie dans un grand verre qui ressemblait au calice d'une fleur. C'était délicieux. Je me croyais redevenu enfant, un enfant heureux cette fois, dont les souhaits auraient toujours été exaucés. De l'autre côté de la vitre, la nuit était tombée et des silhouettes sombres se déplaçaient dans la rue, la tête baissée, le sac et l'estomac vides, je le supposais. Mais on ne les voyait pas. On était tellement mieux de ce côté-ci de la vitre. Tellement plus au chaud, tellement plus à l'aise.

Nous sommes restés tard, jusqu'à ce qu'il n'y ait pratiquement plus personne d'autre dans le restaurant. La note est arrivée sur un petit plateau d'argent et tout le monde s'est mis à chercher son portefeuille – ou a fait semblant, dans mon cas –, mais Maksio nous a indiqué que c'était inutile.

— C'est pour nous, a-t-il lancé avec un geste de la main.

Il s'est dirigé vers le comptoir, où la serveuse se tenait devant un mur d'alcools étrangers. Elle lui a souri avec déférence, il a réglé la note et a laissé un pourboire.

Dehors, dans l'air frais, nous avons fumé les Marlboro de Maksio, plus douces qu'aucune cigarette que j'avais jamais fumée. Hania nous observait avec ses manières de chatte et a demandé si nous voulions aller dans leur maison de campagne le week-end suivant.

— Nous fuirons la ville, et nous ferons une petite fête, a-t-elle dit, les yeux plissés de satisfaction, sa jolie bouche retroussée en un sourire.

Nous étions tous d'accord, nous nous sommes embrassés et souhaité une bonne nuit, et nous les avons regardés s'envoler sur leur Vespa vers leur partie de la ville. Rafał a hélé un taxi et a disparu.

Il ne restait plus que toi et moi dans la grande avenue vide. Nous avons marché vers le centre-ville. Je cherchais le Janusz d'autrefois, j'attendais que nos masques s'usent dans le froid de la nuit.

— Je suis si content que tu sois venu, as-tu dit d'un air aimant, ivre, presque enfantin. C'était super, non ? Qu'est-ce que je t'avais dit, hein ?

J'ai approuvé.

— Oui, c'était super.

Nous avons poursuivi notre chemin sur les trottoirs déserts. Il était tard. Je prêtais l'oreille au bruit de nos pas. Nous marchions presque à l'unisson, et quelque chose de sérieux, d'important, que j'avais repoussé toute la nuit, est remonté à la surface de mon esprit. Je t'ai raconté mon entretien avec le professeur, calmement, honteux de mon désespoir. Sans oser rien te demander, j'ai simplement relaté les faits. Tu as écouté attentivement.

Nous étions dans la rue Poznańska, avec ses pavés, ses hautes *kamienicas* d'avant-guerre et ses rangées de prostituées. Des jeunes et des vieilles, la plupart en manteau long recouvrant minijupe ou robe moulante, leur corps tendant violemment le tissu, menaçant de le déchirer. Elles nous ont hélés pendant que je parlais, d'une voix sonore aux intonations grossières, et nous sommes passés sans les regarder.

— Je te ferai un prix, mon chéri, a crié une fille au débit silésien saccadé, pour ta jolie petite gueule. Et amène ton copain aussi.

Les autres femmes ont ricané comme des hyènes dans le noir. Je n'osais pas te regarder. Je ne voyais rien de drôle dans cet instant. Nous avons atteint le bout de la rue, écrasés par le palais de la Culture, sombre et menaçant, avec à côté de lui la gare, éclairée mais apparemment vide.

Tu t'es arrêté et tu m'as adressé un sourire consolateur.

— Ne t'en fais pas, ça s'arrangera sans difficulté. Tu n'auras qu'à demander à Hania ce week-end. Chez elle.

Cette opportunité soudaine m'a ébloui. Après cette soirée, le restaurant, tout semblait possible.

— Tu es sûr ?

Tu as hoché la tête.

— Elle t'aime bien. Et je suis sûr qu'elle pourrait faire jouer ses relations. Elle et Maksio avaient toujours tous les sujets d'examen en avance, tu sais. C'est pour ça que je n'avais jamais besoin d'aller en cours. Et au camp, ni l'un ni l'autre n'ont levé le petit doigt.

J'ai contemplé mes chaussures, le cœur battant.

— Et Hania ne trouvera pas ça bizarre, elle qui te court après ?

Tu as souri et secoué légèrement la tête.

— Tu l'as vue ce soir ? Elle n'est pas désespérée. Et puis, elle tombe amoureuse si facilement. C'est probablement après *toi* qu'elle en a, maintenant.

Tu as éclaté de rire.

— OK, alors, ai-je répondu, encore inquiet. Ce week-end.

Nous nous sommes enlacés, nos joues se sont touchées, j'ai senti ta barbe naissante. J'ai toujours aimé cette sensation.

— Bonne nuit, m'as-tu souhaité en te retournant vers l'autre rive du fleuve.

— Bonne nuit, mon amour.

*

Je ne sais pas pourquoi je ne me suis pas confié à Karolina. J'en avais envie, j'aspirais à me livrer entièrement. Mais je suppose que je n'étais pas prêt. J'avais peur qu'elle sourie, crie « Bravo ! » ou fasse une remarque cynique sur le goût séduisant du whisky. J'avais peur qu'elle ne me déconseille de solliciter des faveurs alors que je ne pourrais pas rendre la pareille. La dernière chose que je désirais était une mise en garde. Donc quand je l'ai appelée cette semaine-là d'une cabine téléphonique au coin de ma rue, et qu'elle m'a demandé comment j'allais, j'ai pris le ton le plus joyeux dont j'étais capable et je lui ai dit que tout allait bien. Et je l'ai laissée me raconter qu'elle avait succombé au charme du petit bonhomme avec qui elle avait dansé chez Hania. Il s'appelait Karol. Il était ingénieur. J'ai plaisanté sur leurs prénoms, Karol et Karolina, comme quoi ils étaient faits pour se rencontrer, et elle a ri, comme autrefois. Puis elle m'a questionné au sujet de ma thèse. J'ai dit que je n'avais pas encore vu le professeur, que j'avais rendez-vous la semaine suivante. Que j'étais sûr que ça marcherait. Elle a répondu qu'elle croiserait les doigts, qu'elle serait ravie pour moi. Quand j'ai raccroché, elle me manquait encore plus qu'avant cet appel.

Je suis revenu à l'appartement pour préparer le week-end. J'ai emballé, déballé, remballé. Repassé mes vêtements. Je n'avais pas l'impression de partir en vacances mais en mission, d'où je reviendrais transformé. Ce soir-là, pour me rassurer, je suis retourné dans la rue fraîche, jusqu'à la cabine téléphonique.

— Ludzio, j'avais deviné que c'était toi. Il n'y a que toi pour m'appeler aussi tard.

Elle semblait heureuse.

— Grand-Mère.

— Comment vas-tu, mon chéri ?

J'ai dégluti.

— Très bien, Grand-Mère. Très bien.

— Tu es sûr ? Tu as besoin d'argent ? Tu sais que je n'ai presque rien, mais j'en mets un peu de côté. Je pourrais t'envoyer ça…

— Non, Grand-Mère, ai-je dit en souriant au combiné. Je n'ai pas besoin d'argent. Je crois que je vais faire mon doctorat. Je n'aurai plus besoin de ton aide.

— Oh, Ludzio.

Elle semblait en larmes.

— Es-tu fière de moi, Grand-Mère ?

— Bien sûr. (Elle sanglotait. J'ai appuyé mon front contre le métal froid du téléphone.) Et quand rentreras-tu à la maison, mon chéri ? Tu sais, c'est ce qui compte le plus pour moi – te voir.

— Bientôt, ai-je répondu, sans trop savoir si c'était vrai. Bientôt. Quand mon doctorat sera confirmé. Quand je serai fixé. Je te promets.

J'ai raccroché, je suis resté dans la cabine, dans le petit halo lumineux de l'ampoule suspendue au plafond, protégée par une grille de fer, à observer la nuit. Ma vie était un minuscule couloir étroit où aucune porte ne s'ouvrait, un tunnel si étroit que je m'y blessais les coudes, à sens unique. *Ça ou le vide*, me disais-je. *Ça ou partir*.

*

Le lendemain, nous avions rendez-vous place des Trois-Croix, sur les marches de l'église qui se dressait au milieu comme un temple païen. Le temps était froid et couvert, d'un gris accablant, désespérant, une de ces journées spécifiquement varsoviennes qui vous font croire que le soleil a cessé d'exister et craindre que votre cerveau ne suffoque sous une forteresse impénétrable de nuages.

Tu étais déjà là quand je suis arrivé, ton sac posé à tes pieds. Nous nous sommes embrassés sur la joue. Un air étrange flottait entre nous, comme si nous étions devenus complices dans un jeu. Tes yeux pétillaient de malice.

— Prêt ? m'as-tu demandé, me perçant de ton regard.

J'ai acquiescé, pris d'une vague de nausée, que j'ai combattue.

Leur voiture est apparue sur la place. J'ai su que c'était la leur avant même qu'elle s'arrête. Les véhicules étrangers étaient si rares que même moi je pouvais les distinguer des deux autres types que l'on pouvait rêver de posséder dans notre pays : ce n'était ni une Maluch, la boîte de conserve que Fiat produisait pour le bloc socialiste, ni la Trabant, le gros modèle plus encombrant venu d'Allemagne de l'Est. C'était une voiture aussi lisse et élégante qu'une panthère : une Mercedes noire.

Elle s'est arrêtée devant la façade de l'église. La vitre s'est baissée côté passager et Hania, arborant des lunettes de soleil dorées, nous a fait de grands signes enthousiastes.

— Venez, les garçons !

Nous avons ramassé nos sacs et dégringolé les marches. Nous sommes montés à bord, sur la banquette en cuir brun à l'arrière, où était déjà assise, comme une poupée très coûteuse, la blonde avec qui Maksio avait dansé lors de la fête. Elle portait une minijupe en cuir et un bandana rouge autour de la tête. Hania nous l'a présentée comme Agata, et elle nous a lentement salués, comme si elle était sous sédatif.

— Salut, les gars, a dit Maksio en se détournant du volant, un sourire dans les yeux. On y va !

— Quelqu'un d'autre vient ? ai-je demandé.

Hania a pivoté, ses lunettes miroir reflétant et déformant mon visage, qui m'a paru pâle et bête.

— Rien que nous, a-t-elle répondu en souriant.

Nous sommes partis en trombe, fonçant sans encombre et sans effort dans l'avenue Ujazdowskie. Nous avons longé les palais en ruine d'une aristocratie depuis longtemps oubliée, les jardins Łazienki et mes cerfs cachés, puis les portes gigantesques et les alignements de soldats qui protégeaient le château servant d'ambassade soviétique. Après cela, la ville est devenue terne. Nous sommes passés devant des étendues infinies d'immeubles identiques, *blokowisko* après *blokowisko*, séparés par des terrains boueux où jouaient des hordes d'enfants déchaînés. Nous avons vu des usines, monstres fumants, énormes et solennelles comme des églises incrustées de suie. La radio était allumée et diffusait une chanson du Velvet Underground. Nico psalmodiait de sa voix grave, des cloches sonnaient et une guitare sautillait comme un mirage vacillant.

Des bosquets de bouleaux blancs sont devenus visibles, nus en cette fin d'automne et d'autant plus grandioses. Et des champs. Des champs bruns détrempés, avec des femmes, des hommes et des charrues tirées par des chevaux. Le ciel était encore couvert, gris-blanc comme un gâteau de riz, mais dans la campagne, au milieu de la nature, il avait une certaine beauté, comme l'édredon réconfortant d'un lit où l'on se réfugie.

Nous bavardions par moments, nous taisions à d'autres. Nous roulions toujours, du rock en fond sonore, Agata fredonnant. Le ciel a commencé à se vider de sa lumière et la terre s'est mise à onduler.

Des collines nous entouraient, puis il n'y eut plus que la forêt, une mer de pins. Et enfin, parvenu à une route de terre sans indication, Maksio a pris un virage et nous avons roulé longtemps à travers une épaisse forêt jusqu'à un portail. Hania est sortie pour l'ouvrir et, alors que la nuit tombait, nous nous sommes avancés dans une avenue de peupliers hauts et majestueux.

Au bout de cette allée il y avait une maison. Elle était blanche, claire dans le crépuscule comme un fantôme, avec de grosses colonnes supportant fièrement le toit triangulaire de la véranda. Des feuilles et des brindilles craquaient sous nos chaussures quand nous sommes descendus de voiture. La maison se dressait là, souveraine, indifférente à notre présence. C'était un *dwór*, une vieille demeure de campagne, qui devait être là depuis déjà plusieurs siècles, et qui nous survivrait à tous, ai-je pensé ; je l'admirais pour cela, pour tout ce qu'elle avait déjà vu, tout ce qu'elle verrait encore et que nous ne connaîtrions jamais.

Maksio a ouvert la porte principale et a allumé à l'intérieur. L'odeur du cèdre sec m'a envahi l'esprit. Il y avait de vieux poêles en faïence, des cheminées et des trophées de chasse, des têtes de sanglier et de cerf, des tapis orientaux couvrant le sol. Un lieu de plaisir et de paix, sans souci des gouvernements, fidèle à quiconque se trouvait au pouvoir. Tu as dit combien elle était impressionnante, cette maison, et comme vous ne me sembliez pas la mériter, je suis resté muet.

Nous avons suivi Hania à l'étage, où elle nous a attribué notre chambre : nous devions la partager, toi et moi. Elle occuperait la chambre voisine. Maksio et Agata s'étaient installés dans une de celles du rez-de-chaussée.

— Mes parents seront là dimanche, a annoncé Hania en désignant une grande porte au bout du couloir. C'est leur chambre.

— Elle n'est pas formidable, cette baraque ? t'es-tu exclamé alors que nous déballions nos affaires. C'est quasiment un château.

J'ai hoché la tête. J'aurais voulu être seul, avoir cet endroit uniquement pour moi, m'imprégner de tout. La chambre donnait sur le jardin – un parc, en réalité – oblong et large comme plusieurs terrains de sport, en bordure de forêt. Je me suis levé pour regarder se dissoudre les derniers points de lumière, oublieux de moi-même, jusqu'à ce que les ténèbres extérieures soient si complètes que j'ai pu voir mon visage dans la vitre. Je me suis retourné vers la pièce. Elle était immense, probablement aussi vaste que le petit appartement de *Pani* Kolecka. Il y avait deux lits jumeaux, lourds et luisants, séparés par une table de nuit avec une lampe en porcelaine. Une porte donnait dans une grande salle de bains avec baignoire. J'ai ouvert le robinet, appréciant le grognement sauvage de l'eau qui se déversait. De la vapeur en montait. Je me suis déshabillé pour prendre un bain, en laissant la porte ouverte pour voir ce que l'on distinguait encore du parc. L'eau était trop chaude, presque brûlante, mais elle m'étreignait. J'y suis resté longtemps, la peau me picotait à cause de la chaleur, je sentais des gouttelettes de sueur se former sur mon front, je laissais mon esprit vagabonder. Au bout d'un moment, mes yeux se sont fermés d'eux-mêmes.

Quand je me suis réveillé, mon corps était froid et comme asphyxié par l'eau. Je suis sorti de la baignoire, ma tête tournait parce que j'avais faim, et je me suis séché avec une serviette aussi épaisse qu'une *kotlet*. Puis j'ai vu que tu n'étais plus là. Je me suis vite habillé et je suis descendu mais je n'ai trouvé personne. J'ai fait le tour de la maison, observant tout – les meubles en bois très dignes, l'odeur des feux jadis allumés dans les cheminées, la grande véranda ouvrant sur les ténèbres infinies du jardin, la forêt n'étant qu'une silhouette au loin. Et puis il y a eu des voix, basses, étouffées. Je ne pouvais les identifier. Je me suis dirigé vers l'endroit d'où elles semblaient venir, et je vous ai trouvés dans la cuisine, Hania et toi. Vous vous teniez tout près l'un de l'autre, comme si vous dansiez, ai-je pensé, mais les bras ballants, le visage concentré, intime. Hania te parlait, sourire aux lèvres ; tu fronçais les sourcils, puis tu as éclaté de rire.

— Raconte-moi, l'ai-je entendue te dire, taquine, mais tu as conservé ton sourire de sphinx et haussé les épaules.

Dès que je me suis approché, vos deux têtes se sont tournées vers moi d'un seul mouvement. Et tu t'es légèrement éloigné d'elle. Elle a changé de visage, passant de l'intime à l'insouciant.

— Te voilà ! s'est-elle écriée. Tu as faim, Ludzio ?

Je t'ai interrogé des yeux, en quête d'une explication, mais c'était comme si tu jouais un rôle.

— Une faim de loup, ai-je répondu.

*

Ce soir-là, après le dîner – rosbif avec purée de betteraves et pommes qu'Hania avait apportés de Varsovie et réchauffés au four –, nous avons fait un feu dans le salon, joué aux cartes et bu du vin bulgare. Mais la scène dont j'avais été témoin entre vous deux avait dégonflé mon rôle, le rendait plus difficile à tenir. J'étais distrait, nerveux. À la fin de la soirée, poussée par les autres, Agata a chanté. Avec une réelle tristesse, elle a interprété une chanson de Maryla Rodowicz, cette chanson calme et triste sur les vieilles fêtes foraines, les jouets en fer-blanc et les ballons. Plus personne ne parlait. Sa voix s'imposait à nos esprits par son chagrin inattendu.

Peu après, Agata et Maksio sont partis se coucher, et il ne restait plus que nous trois. Deux canapés se faisant face, avec des fauteuils sur les côtés, une table basse au milieu. Tu étais assis face à elle, moi dans l'un des fauteuils. Nous avons parlé de ce que nous ferions le lendemain. J'avais envie d'aller dormir, et cependant je ne voulais pas vous laisser seuls tous les deux. Puis tu as annoncé que tu allais te coucher et tu m'as lancé un regard significatif, comme pour me signaler que c'était le moment de saisir ma chance. Je n'ai pas bougé. Nous t'avons souhaité bonne nuit, Hania et moi. Elle a souri, s'est tournée vers le jardin sombre, ou peut-être vers son propre reflet dans la vitre. Puis elle a jeté un coup d'œil dans ma direction. Il y avait une tension autour de ses lèvres.

— Je suis si contente que tu sois venu, a-t-elle dit.

Elle semblait nerveuse, et cela m'a surpris.

— Merci de m'avoir invité. C'est formidable, ici.

— Je t'en prie.

Elle a hoché la tête et regardé à nouveau vers le jardin, comme si elle avait une décision à prendre.

— J'espère que je ne suis pas indiscrète, mais… (Elle s'est interrompue, a contemplé ses genoux, puis a relevé les yeux.) Je voudrais te poser une question personnelle.

Je n'ai rien dit, m'efforçant d'endiguer le vertige que je ressentais.

— Ce n'est pas pour me mêler de ce qui ne me concerne pas. (Elle a changé de position, visiblement mal à l'aise, et même vulnérable, mais pas autant que moi, loin de là.) Dis-moi franchement, Janusz sort-il avec une autre fille ?

J'ai eu envie de hurler de rire, d'un rire hystérique, à m'en faire mal à la gorge, aux cordes vocales et aux muscles de l'estomac. Mais j'avais aussi envie de ne pas rire du tout, j'étais tout bonnement épuisé. J'ai gardé un visage neutre, secouant la tête sans mentir.

— Non. Tu n'as pas à t'inquiéter pour ça.

— C'est vrai ? (Son visage s'est transformé, soulagé.) C'est juste que… Il est si distant, parfois. Et je ne comprends pas pourquoi il ne réagit pas vraiment. Tu vois ce que je veux dire ?

Ses yeux demandaient que je la rassure. J'ai hoché la tête en regardant mes doigts.

— Il te parle quelquefois de moi ? a-t-elle demandé.

— Oui, ai-je dit sans générosité, regrettant de ne pouvoir l'aider. Oui, il parle de toi.

Elle semblait pleine d'espoir, mais pas convaincue, ses yeux écarquillés révélant qu'il lui en fallait davantage.

— Est-ce que je lui plais ? Il t'a dit quelque chose ?

J'ai dégluti. Le vertige, cette fois lucide, s'est emparé de moi.

— Je ne sais pas, ai-je répondu, conscient que c'était la vérité. Il n'a pas précisé. Tu devras lui poser la question.

*

Le lendemain matin, je me suis réveillé avec une migraine, dérangé par le soleil qui entrait dans la pièce. Tu avais fait ton lit et disparu. J'ai pris une douche et je suis descendu, vous étiez tous assis à la longue table de la salle à manger. Hania et Agata avaient toutes deux les cheveux mouillés, peignés en arrière, et une odeur de café embaumait l'air. Tu étais en train de manger un petit pain avec deux tranches de jambon. « Le voilà ! » s'est exclamé Maksio quand je suis entré, et tout le monde a levé la tête pour me saluer d'une voix ensommeillée. Hania était assise à côté de toi.

Après le petit déjeuner, nous sommes tous allés nous promener en forêt. Il faisait humide – il avait plu pendant la nuit –, cela sentait le frais et la décomposition. Nous marchions sur des couches et des couches de feuilles mortes et sur les derniers champignons de l'automne. J'ai essayé de parler avec Hania, mais nous n'étions jamais seuls. Et en un sens, j'en étais ravi. La journée était trop belle, et je savais que j'aurais besoin d'alcool pour tout lui dire.

L'après-midi, Hania a déclaré qu'elle nous préparait une surprise ; après le déjeuner, Agata et elle sont sorties, munies de deux paniers vides, tandis que les trois garçons restaient à la maison. Je suis remonté dans notre chambre tandis que Maksio et toi, vous jouiez au billard en bas. Tout était silencieux à l'étage. Avant d'atteindre notre chambre, j'ai aperçu la double porte au bout du couloir et j'ai été pris d'une sombre curiosité. J'ai tendu l'oreille – il n'y avait pas un bruit. Je me suis avancé et j'ai baissé la poignée. La porte n'était pas fermée à clé. Le cœur battant, je me suis glissé à l'intérieur. C'était une grande pièce avec une vue fantastique sur le parc. Il y avait un lit à baldaquin, impeccablement fait, entouré d'une atmosphère étrangement solennelle et inaccessible, comme si quelqu'un venait d'y mourir. Je suis allé jusqu'à la fenêtre, j'ai contemplé la vue sur la forêt. Près de la vitre se trouvait un guéridon ciré, couvert de photos encadrées : Hania et Maksio enfants, petits et joufflus, mais avec les mêmes visages, mangeant des glaces ; leurs parents – le père comme une version plus âgée et plus grasse de Maksio, mais avec une bouche différente, presque sans lèvres, et la mère, grande et élégante, avec les yeux noirs d'Hania. Une autre plus récente, de tous les quatre, debout, souriants, la tour Eiffel derrière eux. Puis mes yeux sont tombés sur la photographie voisine, et pendant un instant j'ai vu sans comprendre. Mon esprit se rebellait. Leur père y arborait un uniforme militaire, couvert de décorations, de médailles. Mes mains tremblaient lorsque j'ai pris cette photo sur le guéridon pour l'examiner de près. Je me sentais nauséeux, et même sale. Le père d'Hania et Gierek se serrant la main, se souriant.

Le visage du secrétaire du Parti était large, content de lui, accueillant le père d'Hania avec une affection manifeste. Le même homme qui m'avait toisé sur d'innombrables drapeaux et affiches lors des défilés, le prétendu sauveur du pays. Celui qui avait ordonné la hausse des prix. J'ai pensé aux magasins vides à travers le pays, à *Pani* Kolecka, aux vies passées dans les files d'attente pour pas grand-chose ou pour rien – et puis ces sourires, gras et satisfaits. J'étais pétrifié. J'ai eu envie de jeter la photo à terre, de la piétiner, de sentir le verre et le bois se briser sous mon talon. D'entendre le papier se déchirer, de voir leurs sourires se fragmenter. C'est seulement grâce à un effort prodigieux que je me suis obligé à la reposer et à regagner notre chambre. Je me suis étendu sur mon lit, les yeux ouverts. Tout ce projet – demander à Hania son aide pour mon doctorat – semblait maintenant plus obscène que jamais, et pourtant je me répétais que je devais aller jusqu'au bout. *Rien qu'une fois, demande cette unique chose, et ensuite tu n'auras plus jamais affaire à eux.* J'ai fermé les yeux et le monde s'est mis à tourner autour de moi, entraînant mon corps dans sa ronde.

Quand j'ai rouvert les yeux, la chambre était plongée dans l'obscurité. Je me sentais agréablement hébété. Dehors, la nuit était tombée. Des rires parvenaient du rez-de-chaussée et j'ai entendu des pas dans le couloir. Tu as ouvert la porte avec un air d'enthousiasme à peine contenu.

— C'est l'heure du dîner, as-tu dit en me regardant. Tu viens ?

J'ai hoché la tête.

— Je vous rejoins dans une minute.

Je me suis lavé le visage et j'ai enfilé une chemise blanche propre. Quand je suis descendu, j'ai compris qu'il se passait quelque chose. J'entendais un disque, et vous étiez tous dans la cuisine, des verres de vin sur le plan de travail, tu parlais avec Maksio, Agata et Hania se penchaient au-dessus d'une casserole sur le feu. Il y avait dans l'air une forte odeur terreuse.

— Qu'y a-t-il pour dîner ? ai-je demandé.

Maksio a levé les yeux avec un sourire malicieux.

— Hania nous fait sa spécialité de sorcière. Pas spécialement nourrissante, mais tu ne sentiras pas la faim, crois-moi.

Agata a pouffé ; Hania a lancé à son frère un regard indulgent, puis s'est tournée vers moi, une longue cuiller en bois à la main. Elle portait une robe portefeuille violette et un énorme pendentif en ambre autour du cou.

— C'est une soupe spéciale que je cuisine de temps en temps, a-t-elle dit, un sourire jouant sur ses lèves. Je pense qu'elle te plaira.

— En tout cas, nous devons profiter au maximum de cette soirée, a déclaré Maksio d'un air contrarié. Demain, les vieux débarquent.

— Nos *parents* arrivent demain, a corrigé Hania sans se retourner. Mais seulement pour une nuit. Ils ne nous dérangeront pas. (Elle a pris un grand plat creux et y a versé la soupe, couleur de boue, sombre et riche.) Enfin, *ça*, on ne pourra pas le faire quand ils seront là. Alors mangeons.

Nous nous sommes assis autour du plat en porcelaine au milieu de la table. Son odeur terreuse se mêlait à la vapeur. Tout le monde semblait excité, dans l'expectative, même Agata.

— Mais qu'est-ce que c'est ? ai-je demandé.

Hania a fait le tour du groupe, tout le monde semblait amusé par ma question.

— De la *zupa*, a-t-elle répondu d'un air entendu. De la soupe de tige de pavots. Ça va te faire planer.

Ses yeux noirs scintillaient. Tu étais assis à côté d'elle et tu m'as encouragé d'un hochement de tête. Elle m'a servi le premier bol et me l'a tendu à travers la table. Tous les yeux étaient fixés sur moi. J'ai porté le bol à mes lèvres et l'ai bu entièrement, le vidant en moi comme un médicament. Je voulais me dissoudre avec lui. La soupe avait un goût brun sombre, amer, impitoyable. Les autres m'ont souri et m'ont imité, en buvant tout, eux aussi. Nous nous regardions, Hania me caressait les doigts en gloussant. Tu lui tenais la main, et celle de Maksio. Nous nous tenions tous les mains pour former une chaîne. Et quelques instants après – ou peut-être beaucoup plus tard –, nous étions tous sur les canapés, étalés, joyeux. Mon corps ne pesait plus rien. Plus rien ne me préoccupait, plus rien du tout ; mon esprit était si léger qu'il flottait. Je t'ai vu assis près de moi et je ne ressentais que de l'amour. En fermant les yeux, je voyais des champs, des fleurs et le lac, le lac de cet été-là, et tout était là pour moi, rien que pour moi, et je m'aimais – intégralement, chaque atome – comme jamais auparavant. La musique que jouait le tourne-disque était la plus belle que j'aie entendue. J'en comprenais chaque mot – c'était Serge Gainsbourg chantant en français. Elle véhiculait des messages que je n'avais jamais soupçonnés. Et nous avons dansé. Toi et moi, Hania et toi, elle et moi. Agata et Maksio. Tous ensemble.

J'avais chaud, si chaud. Le feu brûlait, la chaleur nous enveloppait, et nous avons commencé à nous déshabiller, comme dans un rêve, en transe. Nous regardant les uns les autres, comme des enfants, sans une trace de honte. Un par un, les vêtements sont tombés à terre

– jeans, jupes, chemises, chemisiers, chaussettes, slips. Jusqu'à ce que nous soyons tous nus, l'air sur nos corps blancs, la nuit autour de notre peau pâle. Nous étions une armée de fantômes érotiques. Et nous étions tous beaux. Hania et Agata avec leur triangle sombre entre leurs cuisses et leurs seins comme des fruits trop mûrs, Agata plus ronde et plus douce qu'Hania, dont la peau était translucide, d'un blanc aveuglant – une Vénus et une nymphe. Maksio, son corps charnu comme Samson, un colosse, son pénis massif comme celui d'un taureau, sa poitrine velue et large comme un tambour. Mais tu étais le plus beau de tous. Ton corps était fait de marbre et absorbait la lumière de la lune.

Agata a ouvert la porte de la véranda et nous nous sommes élancés à l'extérieur, comme des enfants la nuit de la Saint-Jean. Nous ne sentions pas le froid, seulement l'étreinte de l'air nocturne sur notre peau. C'était comme nager, comme plonger dans l'air. Nos bras déployés, tendus vers la lune.

— Jouons à cache-cache ! a crié Hania, prenant un tissu sur la table de jardin pour bander les yeux de Maksio.

Nous l'avons fait tourner plusieurs fois, nos doigts sur sa taille et ses hanches, son pénis se balançant à chaque tour, nos mains lui frappant le derrière.

— Compte jusqu'à trente !

Nous nous sommes dispersés dans le jardin, dans la forêt. Les filles dans une direction, toi et moi dans une autre. Les herbes et les brindilles nous chatouillaient les pieds.

— Tu peux enlever le bandeau maintenant ! a ordonné la voix d'Hania, de très loin.

Toi et moi derrière un arbre, quelque part à l'orée du bois. Nos mains sur l'écorce, qui commençaient à geler, avant de trouver la chaleur, serrés dans les bras l'un de l'autre. Nos corps ne formaient plus qu'un, chacun protégeant l'autre du froid, parfaits dans la nuit. Nous nous sommes embrassés. Tu étais à moi. J'ai alors compris que c'était la seule chose qui comptait. Rien d'autre n'avait jamais existé. Rien que nos lèvres, nos hanches et nos soupirs. Je suis tombé dans différentes galaxies à travers toi, ta bouche comme un portail vers un univers meilleur, puis le craquement des brindilles derrière nous et Maksio est apparu, nu à quelques mètres, nous contemplant, bouche bée. Les yeux dilatés, le corps gelé.

J'ai senti un frisson de peur parcourir ton corps. Tu as essayé de dire quelque chose, mais Maksio, surgi de nulle part, s'est mis à pouffer puis a éclaté de rire tout haut comme un ours fou. J'avais l'impression que son rire allait faire s'effondrer la forêt, faire perdre leurs aiguilles aux pins.

Ton visage s'est soudain éclairé, et tu as ri à ton tour.

— C'était une blague ! t'es-tu écrié, concentré, le dévisageant. Ludwik m'avait mis au défi. J'ai perdu mon pari.

Maksio a cessé de rire, ses yeux oscillant entre toi et moi.

Les filles sont sorties de derrière les arbres.

— Qu'est-ce qui se passe ? a demandé Agata. Qu'est-ce qui vous faisait rire ?

Maksio s'est retourné vers elles puis s'est éloigné.

— Rien, a-t-il répondu. Une hallucination. J'ai gagné.

Nous avons regagné la véranda, et je ne pouvais plus te regarder, je fixais le sol, sans savoir ce qui venait de se passer. J'étais brûlant. J'étais en flammes. Je me consumais entièrement. Puis est venu mon tour d'avoir les yeux bandés. J'ai ri, ri alors qu'on me faisait tourner, malgré moi, et j'ai compté jusqu'à trente, froid et pris de vertige quand j'ai ouvert les yeux et que vous aviez tous disparu. Je suis entré dans la forêt, Maksio et Agata étaient là, ils s'embrassaient dans une clairière. Je leur ai tapé sur l'épaule. Ils ont levé les yeux, souri, et continué à s'étreindre.

— Je trouverai les deux autres !

J'ai couru vers le centre de la forêt, par-dessus les troncs renversés et les petites vallées. J'ai couru jusqu'à me perdre, jusqu'à être sûr de t'avoir perdu. J'ai tenté de retrouver mon chemin. La forêt se refermait sur moi, d'enchanteresse elle devenait menaçante. C'était comme un cauchemar, et je savais que mon esprit ne fonctionnait plus clairement. Je me suis arrêté, j'ai tâché de me calmer. Puis un hibou a hululé quelque part derrière moi et je me suis retourné. Une blancheur luisait derrière un arbre, comme une pierre lumineuse dans la mer. Je m'en suis approché, vite, mon cœur palpitant à la perspective du succès. Puis j'ai vu les différentes nuances de blanc – blanc plus foncé contre blanc plus clair, marbre poli contre craie. Deux corps allongés dans la forêt, jambes emmêlées. Je me suis arrêté, j'ai observé vos pieds qui bougeaient les uns sur les autres, leur plante noircie par la terre et les feuilles, se tordant, se débattant. Il y avait de la cruauté dans ces formes rondes placées l'une sur l'autre – toi sur elle, ta poitrine sur la sienne, ses yeux fermés visibles au clair de lune. J'ai tourné les talons et suis parti en courant. J'ai couru et j'ai commencé à trembler de tous mes membres, comme un enfant tombé à travers la glace d'un lac et qui vient de réussir à se sortir de l'eau. J'ai couru, couru, je suis devenu totalement, absolument engourdi, je ne sentais plus rien. Je ne sentais plus le froid, plus mes poumons, rien que la terreur qui me faisait avancer. Si seulement je pouvais courir assez vite, rien de tout cela ne serait vrai – plus loin je courrais, plus loin je serais de ce que j'avais vu.

Quand je suis arrivé à la maison, Maksio et Agata étaient là, ils m'ont regardé comme si j'étais un fantôme, ils m'ont posé des questions que je n'entendais pas. Je voyais seulement leurs lèvres remuer. J'ai cru que j'allais suffoquer, ou m'évanouir. C'était comme si je n'avais pas respiré du tout pendant mon sprint, comme si je n'avais plus respiré depuis des années. Je me tenais là, je sentais ma tête se dégonfler, tout mon être se vider de son air, et je me suis mis à haleter comme un cheval après une course. Plié en deux, les mains sur les genoux, j'essayais de ne pas me noyer dans le vide, dans le néant de moi-même. Mais quelque chose en moi était brisé, il n'y avait pas l'ombre d'un doute.

— Ça va ? a demandé Maksio.

J'ai vu alors qu'ils s'étaient rhabillés. Jamais de ma vie je ne m'étais senti aussi nu, aussi entièrement vulnérable. J'ai secoué la tête. Puis les lumières se sont éteintes.

*

Je me rappelle avoir vomi pendant la nuit, convulsivement. J'avais la sensation de libérer quelque chose, de me délivrer d'un monstre. Je ne me rappelle rien d'autre, à part l'impression de ne pas maîtriser mon corps. L'idée que je pourrais mourir m'a traversé l'esprit. Que je n'avais ni la force ni l'intelligence nécessaires pour y remédier. Que je devais simplement laisser cela s'accomplir, quoi que « cela » puisse être. Puis, comme quelque chose de lourd et d'humide qui glisserait dans un trou noir dans le sol, je me suis rendormi.

À mon réveil, je ne savais plus qui j'étais. Mon cerveau était une page blanche, pendant un superbe instant. Jusqu'à ce que ma mémoire revienne avec fracas. J'étais étendu dans le lit dans notre chambre à l'étage, nu sous les couvertures. Mes entrailles et ma tête brûlaient. Les rideaux étaient tirés. Un soleil pâle luisait par-dessous et autour du tissu. Toi dans l'autre lit, endormi. Tes épaules bougeaient presque imperceptiblement, ta respiration était inaudible. Je me suis redressé. Mon corps était lourd et comme inconnu ; chaque mouvement semblait inhabituel. J'ai mis quelques vêtements, jeté le reste de mes affaires dans mon sac. Tu n'as pas bronché quand je suis sorti. Je me suis avancé dans le couloir silencieux, sur les tapis d'Orient, je suis descendu jusqu'à la salle de la cheminée. L'âtre était froid. Des bouteilles vides sur les tables, l'odeur rance des cigarettes. Et au milieu de la pièce, comme une offrande bizarre, le tas que nous avions fait avec nos vêtements. Dehors, sous la véranda, un endroit brûlé où il y avait eu du feu. Des oiseaux – petits et gros, au bec orange – volaient tout autour avec excitation, picorant quelque chose dans l'herbe mouillée par la rosée.

Une petite culotte. Blanche, à dentelle, comme un fantasme abandonné.

Je suis sorti par la porte principale, la laissant ouverte derrière moi – j'ai pris le chemin de gravier, j'ai franchi le portail au bout de l'avenue de peupliers. Les arbres et la route de terre me donnaient déjà le sentiment de respirer plus légèrement. Le soleil continuait à monter dans le ciel, projetant dans le parc une lumière couleur de beurre. Et j'étais heureux d'être seul sur ce chemin. Si infiniment heureux. Mais à l'instant où j'allais rejoindre la route, j'ai vu venir vers moi une limousine noire aux vitres teintées. J'ai gardé la tête baissée, pressé le pas, dans l'espoir qu'elle ne s'arrêterait pas, dans l'espoir que les parents d'Hania – étaient-ce bien eux ? – ne m'interrogeraient pas. La voiture est passée sans s'arrêter ni ralentir, le gravier crissant sous ses roues énormes. Je suis arrivé sur la grand-route. Inspirant et expirant, je savourais le vide. Puis une cloche d'église a sonné au loin, et j'ai décidé de la trouver. J'ai marché le long de la forêt. Des carrioles à cheval transportaient des familles, et le son de la cloche est devenu plus distinct. Peu après, un village est apparu, en même temps que l'église. Elle était vieille, en bois, son clocher presque noir. Les gens affluaient, des familles, des vieillards, des enfants en hordes. Je les ai suivis à l'intérieur, dans la pénombre. L'orgue jouait et un lourd nuage d'encens apaisant était suspendu dans l'air.

Je me trouvais parmi des garçons et des jeunes gens en costumes, certains aux cheveux rebelles, beaucoup au visage épais, large, tanné et brûlé, les yeux bleus, la casquette dans les mains, tenue devant leur entrejambe.

Chaque fois qu'une femme entrait, un autre garçon se levait des bancs, houspillé par sa mère, et se plaçait avec nous les hommes, pour laisser passer la femme. Personne ne semblait m'avoir remarqué. J'étais invisible dans la foule. Le curé est monté dans la chaire, en soutane blanche et violette, saluant les fidèles. Puis l'orgue a repris de plus belle et tout le monde s'est mis à chanter. Les notes se déplaçaient lentement dans l'espace et dans la foule, elles nous élevaient, nous unifiaient, traversant l'unique corps que nous formions, jusqu'aux fenêtres obscures et jusqu'au plafond sombre. Des larmes se sont accumulées dans mes yeux, se libérant. Je me suis joint au chant.

# 7

L'hiver est venu tôt cette année-là. Chaque semaine nous entraînait plus profondément dans ses ténèbres, chaque jour plus court que le précédent, comme si le temps allait manquer. Ce qui m'étonnait le plus, c'était ma sérénité. C'était peut-être lié à la drogue. J'étais peut-être encore dans une autre dimension suscitée par la drogue, plein d'une sagesse surnaturelle. Ou bien c'était le choc. Ou le déni. Peut-être tout cela était-il simplement trop énorme à assimiler. Ou bien cela ne signifiait encore rien. Par moments, j'aurais voulu m'allonger à terre et sentir le béton de la rue contre mon visage. Simplement m'allonger, point final. Sentir un poids considérable sur moi, sentir mes os craquer, me sentir dériver vers le sommeil, à jamais. Mais je repoussais toutes ces possibilités.

Au milieu du chaos de mon esprit, je savais que ma vie ne pouvait continuer comme auparavant. Je savais que je devais partir. J'essayais de ne penser qu'à ça. Et donc, par une matinée terriblement grise et froide, je suis allé au Service des passeports. C'était un grand bâtiment brun dans une rue latérale du centre-ville, pas très loin du Musée national, où avaient eu lieu les grèves. J'y suis allé les mains tremblantes, chassant le souvenir du soir où j'avais lâché les tracts, mon histoire préparée dans ma tête. Je me suis assis dans le vestibule froid, j'ai rempli les formulaires, étrangement conscient de mon écriture et, comme chaque fois que je devais fournir les données officielles de ma vie, j'ai eu l'impression de mentir. Le questionnaire demandait où j'allais, pendant combien de temps et pourquoi, et je m'en suis tenu à mon histoire.

Durant ce qui m'a paru des jours, je suis resté assis sur un banc de bois dur dans les salles sombres et mornes du Service, tenant un morceau de papier avec un numéro, en attendant mon tour.

J'étais assis dans un couloir et je tentais de ne pas pleurer. Je voulais cesser d'exister. Je voulais ne plus être. J'étais assis dans un couloir et je tentais de ne pas penser à toi et moi. Je tentais de ne pas penser à nous, sous les couvertures de ton lit. Je tentais de ne pas penser à tes bras, à tes mains ou à tes yeux. Je tentais de ne penser à aucune des choses que je nous avais imaginés faisant ensemble – retourner à notre lac l'été prochain, emménager un jour tous les deux. Je tentais de ne pas penser à Hania, à tes doigts sur sa robe à paillettes. Je tentais de ne pas penser à Maksio ou à ses yeux quand il nous avait vus dans la forêt. Je tentais de ne pas penser à Grand-Mère, ou au Pr Mielewicz.

Je tentais d'imaginer ma vie dans l'avenir, dans un an ou deux. Je ne pouvais rien voir. Je ne pouvais rien voir parce que tout ce qui n'était pas l'instant présent – non, même pas cela – me dépassait. Je me suis mis à balancer les jambes et les pieds, simplement pour sentir quelque chose. Puis le bureau a fermé avant que mon numéro soit appelé. Je suis parti sans avoir rien obtenu à part ce bout de papier dont le numéro écrit à la main s'était effacé à cause de son trop long séjour dans ma paume.

Je suis rentré chez moi. « Je m'y habituerai », m'a dit *Pani* Kolecka. Elle nous a préparé un dîner frugal, du blé noir avec des concombres au vinaigre et de la purée de betteraves, et nous avons mangé toutes fenêtres ouvertes, le froid entrant dans l'appartement, nous animant, le bruit des voitures filant dans les rues.

— Nous faisons simplement la queue pour une possibilité, pour quelque chose, peut-être pour rien, a-t-elle dit avec son sourire triste et affectueux. Mais ça passera, mon petit. Même la plus longue file d'attente finit par se dissoudre.

Le lendemain, je suis retourné au Service. Je me suis assis et j'ai attendu, parmi des rangées d'autres, jeunes, vieux et sans âge, tous silencieux, tous hébétés, lisant, tricotant ou manipulant leurs vêtements avec une lenteur contre-nature et résignée, tandis que la grande horloge égrenait les minutes et que des numéros étaient appelés de temps à autre par une voix plaintive. Mon corps avait mal à force de rester sur le banc. J'avais faim. Mais bizarrement, j'ai gardé mon calme. Ce calme, je pense, était encore une forme de choc. Si j'avais exprimé quoi que ce soit, ce sentiment m'aurait englouti. La peur, la terreur de ma vie seul, était toujours là, comme un abîme croissant, aspirant, prêt à me dévorer. Je sens encore les tremblements de cette peur aujourd'hui, ses échos fermement ancrés sous le bout de mes doigts et dans ce petit espace en apesanteur, à l'intérieur de mon bas-ventre, quelques centimètres au-dessus de mon entrejambe.

À la fin de la journée, mon numéro a été appelé. J'ai traversé le couloir, mes pas résonnant sur le sol de pierre. J'ai frappé à une porte, mon pouls retentissant dans mes oreilles. J'ai obéi à la voix qui a dit « Entrez ».

Le bureau était étroit, long et sombre. J'ai dû faire une douzaine de pas pour me rapprocher de la table et mes yeux ont dû faire un effort pour distinguer l'homme dans la minuscule zone éclairée par une lampe – un chauve, avec des lunettes à monture noire.

— Prenez un siège, a-t-il dit d'une voix officielle mais pas hostile. Je termine quelque chose.

Je me suis assis sur la chaise face à lui. Il était penché sur des dossiers, absorbé par leur contenu. Sa table était couverte de piles de chemises cartonnées, blocs de papiers entassés avec soin. On n'entendait qu'une horloge, au tic-tac lent, réticent.

— Bien, a dit l'homme en levant la tête, un peu las, des poches sous les yeux derrière ses lunettes.

Il a ouvert un autre dossier, dont j'ai supposé que c'était le mien. Ses yeux l'ont parcouru, se déplaçant vite, et d'une seconde à l'autre son expression s'est durcie. J'ai cru qu'il allait me poser des questions sur mon voyage. Mon histoire était prête – j'allais rendre visite à un oncle à Chicago pour Noël et je serais de retour en janvier. Je m'attendais à ce qu'il me demande pourquoi je n'étais encore jamais allé rendre visite à ma famille, comment je pourrais bien me permettre un tel voyage, et comment ils pouvaient bien être certains que je ne voulais pas passer à l'Ouest. J'ai cru qu'il allait se lancer dans le discours classique sur les dangers du monde capitaliste, comme quoi les Américains étaient les ennemis du socialisme, et que je ne devrais jamais parler politique avec des étrangers, sauf pour vanter le progrès et les réussites de la Pologne socialiste. « C'est toujours ce qui se passe », m'avait-on dit. Mais il ne s'est rien produit de tout cela. Après un moment, l'homme a posé le dossier et m'a regardé avec une expression impossible à déchiffrer.

— Nous vous connaissons, citoyen, a-t-il dit, comme en attente. Nous vous *connaissons*.

Je ne pouvais pas respirer. Le soir des tracts, la fenêtre, les visages tournés vers moi. Qui leur avait dit ? M'avaient-ils suivi depuis le début ? Je ne pouvais émettre un seul son. L'homme a paru satisfait.

— Nous connaissons votre déviance, votre pédérastie.

Il a prononcé ces mots avec une froideur clinique, une sorte de jugement détaché, comme j'imaginais qu'il aurait parlé de « trahison ». Toute sensation a déserté mon corps, comme si mes cellules m'abandonnaient. C'était comme si l'on m'avait précipité dans une tornade, sans haut ni bas, sans rien à quoi m'accrocher. Personne ne m'avait jamais tenu de tels propos. On m'arrachait quelque chose de privé, quelque chose d'absolument tacite mais d'essentiel. Je ne pouvais rien dire. Peut-être me tendaient-ils un piège, peut-être pouvais-je me défendre. Mais j'étais incapable de raisonner, de manœuvrer ; j'étais pris dans des mâchoires bien trop puissantes, qui me paralysaient de l'intérieur. La satisfaction s'est brièvement manifestée sur le visage de l'homme, un visage qui aurait pu être celui de n'importe qui, un visage sans rien de remarquable, comme on en voit tous les jours.

— Je ne sais pas de quoi vous parlez, ai-je dit, sachant que je ne pourrais jamais m'en tirer.

Son visage n'a pas changé. Il a consulté le dossier.

— Le nom de Marian Zalewski signifie-t-il quoi que ce soit pour vous ?

J'ai secoué la tête, sans mentir.

Les yeux dans le dossier, il a continué.

— Zalewski a été arrêté dans le parc Staromiejski, à Wrocław, il y a plus de trois ans – le 23 avril 1977. Il pratiquait la sodomie avec un autre citoyen. (L'homme a levé les yeux vers moi.) Il nous a docilement donné les noms d'autres individus comme lui. Tous les noms qu'il connaissait. Ils figurent tous dans une déclaration qu'il a signée personnellement. L'un de ces noms était le vôtre.

Il a sorti quelque chose du dossier et me l'a remis. C'était une photographie, de la taille de celles qu'on met dans les passeports. Elle montrait le visage d'un vieil homme que je n'avais jamais vu, regardant droit vers l'objectif. Ce visage était creux, marqué de rides profondes. Desséché, vidé de toute vie. Puis, en un éclair, je l'ai reconnu : c'était l'homme du banc du parc, du soir où j'avais fui la maison. L'homme qui m'avait raconté l'histoire de sa vie, l'homme dont la bouche avait soulagé mon angoisse le temps d'une nuit – et auquel j'avais dit mon nom. Au lieu de colère, c'est une étrange tendresse qui m'a envahi. Il semblait si triste, si abandonné sur la photo. La fureur s'est éveillée en moi pour sa défense. Je le voyais appréhendé dans le parc et traîné jusqu'à l'arrière d'une fourgonnette de police ;

je le voyais assis dans le bureau de quelque sous-sol froid, frappé, victime de chantage, obligé de signer cette déposition à présent entre les mains d'un bureaucrate.

— Quel rapport avec mon passeport ? me suis-je exclamé, impatient. Allez-vous me le donner ou pas ?

Il a lentement posé les papiers et a joint les mains par-dessus, sans se départir de son calme.

— Cela dépend entièrement de vous, citoyen. De vous et de votre bon sens. (Il a fermé mon dossier, placé ses coudes dessus et m'a regardé en plissant les yeux, ses pupilles petites et intenses comme des têtes de clou.) Si vous voulez votre passeport, vous ferez la même chose que le camarade Marian : vous nous fournirez des noms. Et des dates. Et des circonstances.

Il a sorti d'un tiroir une feuille de papier et l'a poussée vers moi sur la table.

— Écrivez.

Au début, il y a eu un blanc. Des pensées traversaient l'espace, tentaient de s'allumer. Un ciel prêt à accueillir un feu d'artifice, une scène déblayée pour de grandes décisions. Mais d'où viennent les décisions ?

Je vous voyais, Hania et toi, dans les bras l'un de l'autre, dansant, indifférents à ma présence de l'autre côté de la vitre. Mon estomac s'est mis à brûler, sécrétant de la douleur comme des pointes de flèche, puis vous deux comme une créature à quatre pattes, luttant à terre dans la forêt. Se mangeant elle-même, n'ayant conscience que d'elle-même. Et j'entendais à la fois dans ma tête ces moments où tu me suppliais de te faire confiance, de me montrer patient. Le feu de mon ventre se propageait. La souffrance atteignit mon dos, mes yeux s'agitaient et se mouillaient. L'homme était encore là, à me dévisager. Tout comme la feuille de papier.

J'ai eu la sensation que le temps marquait une pause. Un instant décomposé en ses plus petits composants, tellement étiré qu'il menaçait de se briser. Quand je m'imaginais prenant ce papier et attrapant le stylo, quand je me représentais cette possibilité, d'écrire ton nom, mon bras refusait de bouger. Je ne sentais plus ce membre. Je ne sentais plus le feu dans mes entrailles, je ne sentais plus aucune douleur. Je m'étais engourdi.

Je ne sais pas ce qui a pris le dessus, dans le vide de l'instant suivant. Je suppose que ce n'était rien de distinct, plutôt un vague murmure, une voix animale, l'instinct. J'ai suivi ce qu'elle disait – ce que j'en distinguais, du moins. Je savais qu'elle disait la vérité. J'ai ouvert la bouche. Mon corps semblait lourd, absurde, comme deux manteaux de fourrure portés l'un sur l'autre.

— Non, ai-je répondu au visage de pierre. Je n'ai aucun nom à vous donner.

Ce n'était pas facile – l'homme était déterminé à obtenir ce qui lui revenait. Mais j'ai su persister, j'ai su considérer ses menaces croissantes comme le signe que j'avançais. Je l'ai ignoré lorsqu'il a dit que je ne quitterais jamais le pays et que je ne trouverais jamais un emploi si je n'obéissais pas. Je l'ai ignoré lorsqu'il est devenu agressif, m'a traité de pervers et de dégénéré. À ma propre surprise, je ne parvenais pas à accepter la honte qu'il voulait me faire ressentir. Elle était trop familière pour qu'on me l'impose : j'en produisais moi-même depuis si longtemps que, je l'ai découvert à cet instant, je n'avais plus de place pour en accueillir davantage. J'ai donc préféré recourir à la vérité. J'ai dit que j'avais été drogué la semaine précédente et que je n'avais pas les idées claires, que le passé était flou. Je ne sais pas s'il m'a cru. Mais finalement, je ne sais pas pourquoi, il m'a dit que j'avais deux jours. Deux jours pour lui fournir des noms. Avant qu'il me libère, il a posé les mains sur le bureau et a dit, d'une voix mesurée et tranchante comme un scalpel, que je le regretterais jusqu'à la fin de ma vie si je ne revenais pas. J'ai acquiescé et suis parti, ne ressentant rien. Dehors, la nuit était tombée. J'ai inhalé l'air hivernal. Je savais où je devais aller.

*

Le tram a franchi le pont en grommelant. Les arbres bordant les berges du fleuve étaient nus, leurs feuilles étant tombées dans l'eau, emportées par le courant. Dans la cour, la Vierge était couverte d'une couche de givre, les glaïeuls jaunes avaient disparu. Chaque marche de l'escalier coûtait un effort. Chaque grincement, pensais-je, te signalerait ma présence. Il n'y avait pas de gamins qui jouaient, personne dehors – rien que moi et le vieux bois noir de la maison. J'ai frappé à ta porte, mon corps n'étant plus qu'une coquille vide. Mon cœur battait comme si j'avais escaladé la chaîne des Tatras. Je n'étais même pas sûr de la raison pour laquelle j'étais venu.

Tu as ouvert et un frémissement a parcouru ton visage. Comme s'il ne savait pas ce qu'il devait exprimer. Il ne montrait rien d'autre qu'une force déterminée. Tu m'as regardé. Je t'ai regardé à mon tour, tâchant d'évaluer ce moment, sentant que la situation m'échappait. Tu semblais alors tellement plus grand, tu me dominais de ta hauteur, tu baissais les yeux vers moi.

J'ai cru que nous allions rester ainsi pour toujours. J'ai cru que j'étais trop fier pour être le premier à parler, que je n'implorerais rien, que je n'avais aucun motif d'être désolé. Mais te regarder m'a apaisé – malgré ta dureté nouvelle, ou à cause d'elle. Cela me faisait mal de te voir ainsi, sans que rien se passe entre nous. Puis j'ai discerné quelque chose dans tes yeux, une ouverture.

— Tu ne me laisses pas entrer ?

Tu t'es écarté de la porte pour m'ouvrir un passage.

Jamais ton studio n'avait été aussi froid. Le chauffage – un assemblage de tuyaux blancs, près de l'entrée – émettait des bruits variés, comme si un lutin était prisonnier à l'intérieur et frappait partout avec une canne. J'étais content d'avoir mon manteau. J'ai remarqué que tu portais un pull épais et une écharpe. Tu as fermé la porte derrière moi.

— Donc tu es venu.

Tu semblais t'adresser à toi-même plutôt qu'à moi. Tu te tenais près de la porte, tu me regardais, impuissant au milieu de la pièce.

— Assieds-toi.

Il n'y avait pas d'autre endroit pour ça que le lit. Il avait été refait soigneusement, recouvert de plusieurs couvertures. Sur le bureau, à côté de la fenêtre, des livres étaient ouverts, et un bloc-notes. Je me suis assis sur le bord du lit, sentant sous moi les couvertures, sentant un vide là où il y avait jadis eu une certitude.

Tu es resté debout près de la porte, les bras croisés devant ta poitrine, à m'observer.

— Pourquoi t'es-tu enfui ?

Il y avait du reproche et un soupçon de souffrance dans ta voix. La question m'a pris au dépourvu. J'avais pensé que nous bavarderions, que nous tournerions autour de nos véritables sentiments. J'ai dégluti, j'ai cherché quelque chose de vrai et qui mérite d'être mis en mots.

— C'en était trop, ai-je dit, incapable de te regarder. Et…

Cela me semblait impossible à dire, continuer revenait à me jeter dans le feu.

Tu m'as regardé dans les yeux.

— Quoi ?

J'ai hésité. Et le ressentiment a percé cette hésitation.

— Cette nuit-là. Quand Maksio nous a vus. Ce que tu lui as dit. Et ensuite je t'ai vu. Dans la forêt. Avec Hania.

J'ai fermé les yeux, épuisé. Je ne voulais pas être témoin de ta réaction. J'ai regardé quand même. Ton visage était à nouveau dur, mais différemment. Ta mâchoire rigide, tes yeux fixant le sol, cachés à moi. Soudain je me suis senti piégé, saisi du désir de prendre la fuite. Tu as relevé la tête, les yeux tristes, frissonnant.

— On était tous drogués, Ludzio. Tu n'aurais jamais dû nous voir. Ça ne signifiait rien. C'était un jeu. C'était innocent.

Tu as guetté ma réaction. *Cela n'a jamais été un jeu*, ai-je songé, *et cela n'a jamais été innocent non plus*. Mais je ne pouvais pas me forcer à le dire. C'était comme si nous étions entrés dans un domaine où les mots avaient perdu leur sens. Je me suis contenté de te dévisager, je t'ai vu lutter, t'endurcir contre mon silence.

— Tu aurais pu parler avant de partir, m'as-tu reproché. Nous aurions pu en discuter. Tu ne m'as même pas laissé l'occasion de m'expliquer. Et maintenant tu as gâché toutes tes chances. Avec elle. Tu te rends compte que nous nous sommes inquiétés pour toi ? Nous pensions que tu étais peut-être parti dans la forêt, et que tu avais besoin d'aide. (Tu semblais réellement souffrir, et pendant un instant je me suis senti coupable.) Heureusement, ses parents nous ont dit qu'ils t'avaient vu. Ils pensent évidemment que tu es dingue. Qu'est-ce que tu vas faire maintenant, hein ?

Je t'ai regardé, pour la première fois, je pense, avec pitié.

— Nous n'en sommes plus là, ai-je répondu doucement. Je m'en vais.

Ces mots ont agi comme un sortilège, laissant en suspens tout ce que nous avions dit auparavant. La peur a effleuré ton visage, a forcé tes yeux à chercher des signes dans les miens.

— Où ça ? as-tu demandé, presque incrédule.

— En Amérique.

Cette idée s'est répandue dans ton esprit comme de l'eau sur du papier. Ta bouche vaincue, tes yeux détournés. J'avais horreur de te voir ainsi.

— On t'a délivré un passeport ? t'es-tu enquis calmement, sans aucune intonation.

Je suis resté immobile.

— Pas encore.

Tu as hoché la tête, contemplant le sol, puis la fenêtre. Je voulais que tu en dises davantage. J'avais l'impression d'avoir utilisé toutes mes armes. Tu t'es approché de la vitre, sans me regarder. Tu as inspiré lourdement.

— Tu viendras ? ai-je demandé, me sentant stupide dès que j'ai eu posé la question.

Tu as ri, d'un rire bref et rapide, qui ne coïncidait pas avec tes yeux. Ils étaient amers.

— Pourquoi faut-il que tu t'en ailles ? Nous étions à deux doigts d'obtenir ce que nous voulions.

Je t'ai considéré, inspirant profondément, j'ai fermé les yeux un moment, puis je les ai rouverts.

— Non, Janusz. Tu as simplement voulu le croire. Ne vois-tu pas l'effet que cela a sur nous ? C'est humiliant.

Tu m'as regardé droit dans les yeux.

— Plus humiliant que de vivre dans un grenier où on se gèle comme un rat ? Ou de travailler dur toute ta vie sans rien obtenir en contrepartie ? Je pensais que tu aspirais à mieux que ça.

— C'est vrai. (J'avais froid.) C'est vrai.

Tu t'es assis sur ton bureau, dos à la fenêtre, ton visage effondré dans tes mains. Et j'ai ressenti de la tendresse, une possibilité. Je me suis levé, me suis avancé vers toi, ai posé ma main sur ton épaule. La tension de tes muscles était palpable à travers la laine de ton pull.

— Viens avec moi, ai-je murmuré. Il n'est pas trop tard. Nous pourrions partir sans que personne le sache, à travers les montagnes vers la Tchécoslovaquie, puis vers l'Autriche. Personne ne nous connaîtrait, là-bas.

— Nous n'aurions rien, as-tu insisté à travers tes mains. Nous ne parlons pas la langue. Nous serions perdus.

— Nous serions libres.

La pièce était tellement pleine de nous, des nuages amoncelés de tes mots, de la brume de nos pensées. J'ai retiré ma main de ton corps.

— Pense à *La Chambre de Giovanni*, ai-je dit, l'histoire me revenant à travers la brume. Pense à David qui quitte Giovanni par peur. Nous ne devons pas agir par peur.

Tu as dégagé ton visage rouge de tes mains, tu ne me voyais pas, tu voyais à travers moi.

— C'en est trop. (Ta voix était fatiguée.) Je ne peux pas, Ludzio. Je ne peux pas. Tu en demandes trop.

— Est-ce à cause d'Hania ?

La peur me donnait le vertige. Tu n'as rien répondu, tu as baissé le regard, le visage encore rouge, sans bouger.

— Ce n'est pas si simple, as-tu fini par dire.

Et je t'ai cru.

— Rappelle-toi ce qu'éprouve David après sa décision. (Je sentais ma gorge se nouer.) Il regrette.

— Arrête de nous comparer à ce bouquin ! (Ta voix s'est brisée contre les murs. Ton visage était déformé, froissé à en être méconnaissable.) C'est toi qui veux t'enfuir. C'est toi qui essayes de m'obliger à ça. Tu ne peux pas forcer les gens à t'aimer comme tu le voudrais.

J'ai senti mon corps se vider de toute vie, comme si l'on avait tiré la bonde. Je me suis rassis sur le lit.

— Je ne suis pas taillé pour ça, Ludwik, as-tu dit en guise d'excuse. Ma place est ici. Et je réussirai, d'une manière ou d'une autre. (Tu t'es levé du bureau, tu as marché vers moi avec une assurance nouvelle.) J'ai rencontré les parents d'Hania. Je m'entends bien avec son père. Il m'aidera à progresser. J'en suis certain.

Il y avait de l'espoir dans ta voix. Tu parlais presque comme si tu voulais que je sois fier de toi. Je n'ai rien répondu. Tu n'étais qu'à un mètre ; j'aurais pu te toucher si j'avais tendu la main.

— Et il n'est peut-être pas trop tard pour toi non plus, as-tu continué. Nous pouvons peut-être en discuter avec Hania, Maksio ne mentionnera peut-être jamais ce qu'il a vu, et…

Je me suis levé.

— Il faut que je parte, ai-je dit, sachant que c'était vrai.

Ton visage, tes membres – c'était comme si tout ton être essayait de tenir bon, tremblant presque sous l'effort. Je ne pouvais pas supporter de voir ça. J'ai détourné les yeux et me suis glissé jusqu'à la porte comme un voleur qui se retire, m'arrêtant sur mes pas quand tu as prononcé mon nom.

C'était comme une supplique, un droit violé et invoqué. Ma main sur la poignée de la porte, dos à toi, le cœur battant dans mes tempes. Je sentais le mot vibrer dans l'air. Mon nom, me revendiquant, les doigts enveloppés autour de mes épaules pour tenter de me retenir. Avec une secousse terrible, j'ai ouvert grande la porte et ai dévalé l'escalier obscur.

*

La nuit s'était refroidie. La rue était déserte. La lumière des réverbères était pâle et les jurons d'ivrognes invisibles, hommes et femmes, perçaient l'air. Je savais que tu ne me poursuivrais pas et, somme toute, je n'avais pas envie que tu le fasses. Mais sans savoir pourquoi, je me suis mis à courir, poussé par une sorte de panique exaltée. J'ai couru aussi vite que je le pouvais sur les trottoirs givrés, entre les bâtiments délabrés, à travers une place nue. J'ai couru sans m'arrêter, sentant le froid me piquer les poumons, s'engouffrer dans ma tête et en ressortir. Dans le dédale des rues pavées, devant le dôme doré de l'église orthodoxe, tout droit vers le pont. J'ai couru jusqu'à ce que les sensations reviennent dans mon corps, que mes jambes deviennent lourdes, que la douleur me morde et que je sois à court d'options, à bout de souffle. Quand je me suis arrêté, je me tenais sur le pont, agrippé à la rambarde, plié en deux comme un L renversé. Je prenais des respirations profondes, brûlantes, épineuses. Ma tête tournait. J'ai fermé les yeux. Je me suis accroché davantage au parapet, l'ai beaucoup plus serré. Jusqu'à ce que je m'affaisse, à genoux, et que je pousse un cri de souffrance, jusqu'à ce que je sente le béton froid et dur pousser contre moi.

Plus tard, quand ma tête a cessé de tourner, quand le tremblement s'est atténué, quand j'ai su que je ne serais pas sauvé par le froid du sol qui s'était insinué dans mes os, que je ne serais peut-être sauvé par rien, j'ai ouvert les yeux et me suis hissé sur mes jambes. La ville s'étendait devant moi, étrangement détournée du fleuve, étrangement calme. Les maisons de la vieille ville perchées sur la colline, la flèche pointue du palais à gauche, les *blokowiskos* qu'on distinguait à l'arrière-plan. Dans l'obscurité de cette nuit, tout semblait à peine réel.

Rétrospectivement, je m'étonne de ne pas m'être jeté du haut du pont. J'étais terrorisé, je ne voyais aucune issue. Mais je suppose qu'à cet instant précis, au milieu du désespoir, j'ai senti se réveiller l'instinct, chuchoter cette voix. J'ai épousseté mes vêtements sales et suis rentré chez moi alors que la fièvre montait. Je savais qu'il allait m'arriver quelque chose, un pacte avec lequel je pourrais tenter de vivre.

Cette nuit-là, assailli par des éclairs brûlants et des rêves frénétiques, je suis sorti de mon lit pour me planter devant la fenêtre de ma petite chambre. Dehors, la ville était un spectre rempli d'arbres comateux. Pendant un moment, j'ai pensé à toi dans ta chambre, criant mon nom alors que je partais. J'ai pensé à toutes les fois où tu avais menti, jonglant entre elle et moi. C'est alors que l'idée m'est venue. Sans avoir à y réfléchir à deux fois, j'ai su qu'il n'y avait pas d'autre solution.

*

Le lendemain matin, je me suis mis en route de bonne heure. Je suis parti du même endroit où nous nous étions retrouvés cette nuit-là, dans l'avenue près des jardins Łazienki, dont les arbres et les buissons étaient maintenant dépouillés, sans feuilles. Comment se nourrissaient mes cerfs ? J'ai trouvé la rue latérale, avec la grande *kamienica*. J'ai appuyé sur le bouton de l'interphone.

— Allô ?

La voix d'Hania était claire, sans tache.

— C'est Ludwik.

— Oh. (De la surprise dans sa voix, une courte pause.) Monte.

J'ai pris l'ascenseur, ai observé mon visage accablé dans le miroir. Une vie entière semblait s'être écoulée depuis la première fois où j'étais venu ici avec toi.

La porte de l'appartement était ouverte quand je suis sorti de l'ascenseur. Hania se tenait à côté, et son sourire conciliant m'a fait de la peine. Elle portait un pull, une longue jupe rouge et des chaussettes épaisses. Nous nous sommes embrassés sur la joue.

— Je suis contente de te voir, a-t-elle dit doucement.

Là encore, je l'ai crue, comme à chaque fois qu'elle l'avait dit. J'avais à peine la force d'entrer. L'appartement paraissait plus clair et plus vaste que dans mon souvenir. Nous sommes allés jusqu'au splendide salon où la fête avait eu lieu, à présent inondé par la lumière hivernale. Elle m'a fait asseoir sur le canapé blanc.

— Tu veux quelque chose à boire ? Du jus de pamplemousse ? (Elle a froncé les sourcils, devinant peut-être ma nervosité.) Du cognac ?

J'ai secoué la tête.

Elle s'est assise, sa longue jupe tombant jusqu'au tapis.

— Je te dois des excuses, a-t-elle déclaré en me regardant tristement. Pour cette nuit à la campagne. Je suis désolée que la *zupa* ait été aussi forte. Je m'en veux pour toute cette histoire. C'est allé trop loin, et c'est ma faute.

Elle semblait embarrassée.

— Pas de souci, ai-je dit, soulagé. Tu ne savais pas. Je suis désolé d'être parti sans un mot.

Je me suis efforcé de sourire. Elle a acquiescé, comme si elle comprenait.

Il y a eu un moment de silence, pendant lequel j'ai senti mon pouls accélérer.

— Je viens te demander une faveur, me suis-je entendu articuler.

Comme je ne pouvais pas la regarder, je contemplais mes doigts entrelacés, que je serrais si fort qu'ils étaient devenus rouges et blancs.

— J'ai un problème. J'ai besoin de ton aide.

Elle a écarquillé les yeux et m'a encouragé d'un hochement de tête.

Je lui ai parlé de l'employé du Service des passeports. Les mots me sont venus plus facilement qu'auparavant. Je les ai choisis avec soin. Je lui ai dit que je voulais partir voir mon oncle. Que l'on bloquait mon passeport, que l'on me faisait du chantage – mais je ne suis pas entré dans les détails. J'ai éludé la question aussi longtemps que je l'ai pu, de façon absurde, et elle m'a laissé continuer. Le soleil brillait sur le parquet, lui donnant l'air lisse et parfait qu'a la surface d'une patinoire. Hania m'a observé avec inquiétude et sympathie pendant tout ce temps, et curieusement, malgré moi, malgré tous les instincts qui suscitaient en moi souffrance, désir de revanche et humiliation parce qu'il fallait que je la sollicite, elle, j'ai senti un élan d'amour pour la délicatesse, la gentillesse dont elle faisait preuve en m'écoutant. Pour son ignorance de tout ce qui s'était passé entre toi et moi. Et pour mon innocence, vue par ses yeux. Quand j'ai eu terminé, elle a posé sa main sur mon épaule, une main qui ne pesait presque rien, et a dit :

— J'en parlerai à mon père.

Je l'ai remerciée, mais j'ai vu qu'il persistait une interrogation sur son visage. Elle s'est tournée vers les grandes baies vitrées, vers la lumière blanche d'hiver. Puis elle a replié ses jambes contre elle, les serrant dans ses bras avec sa jupe.

— Il y a juste une chose que j'ai besoin de savoir, a-t-elle ajouté lentement, l'air mal à l'aise. À quel sujet te fait-on chanter ? Cela m'aidera. Pour savoir sous quel angle aborder la situation.

J'ai tenté de me concentrer sur ma respiration. J'avais l'impression que j'allais échouer. Ce n'était pas possible.

— Ludwik ?

— Ils savent que je suis…

Je ne pouvais pas affronter ses yeux, je ne pouvais pas le dire. Je ne l'avais jamais dit à personne. Pas même à moi. J'avais la sensation de sauter par-dessus un mur haut de cinq mètres.

— Dis-moi, a-t-elle continué avec douceur, sa main qui ne pesait rien à nouveau sur mon épaule. Vas-y. N'aie pas peur.

Je me suis presque effondré. J'ai repris les mots, comme s'ils étaient tombés à terre. Je les ai ramassés, soulevés, j'ai essayé de leur faire franchir le seuil, comme à quelque chose d'extrêmement lourd qui risquait de me broyer.

— Je suis…

J'ai essayé et échoué sous son regard.

C'était le même sentiment, le même va-et-vient qui me tiraillait, comme lorsqu'on est au bout d'un plongeoir.

— Je suis… (Ma voix presque assurée.) Je suis homosexuel.

Le monde ne s'est pas écroulé. Elle est restée calme. Le soleil hivernal se répandait encore dans la pièce comme dans une église, illuminant le sol et nous, mon cœur pompait du sang dans tout mon corps – accéléré, mais régulier – et un frisson m'a traversé, a traversé tout mon être. J'ai eu la sensation que quelque chose de lourd et mort en moi avait été expulsé, comme si pendant tout ce temps j'avais transporté en moi un fantôme de plomb. J'avais le vertige. J'ai essayé de dire autre chose, mais il n'y avait rien à dire. Elle m'a pris dans ses bras, et je l'ai laissée faire – dans ses bras tendres, contre son pull, serré contre sa poitrine douce.

— Tout va bien, a-t-elle chuchoté. Je comprends. (Elle m'a caressé les cheveux.) Tu es quelqu'un de bien. Tu vas t'en sortir. Tu es quelqu'un de bien.

Même si je l'avais voulu, je n'aurais pas été capable d'arrêter mes larmes. Elles se sont déversées d'elles-mêmes, une force à part entière, agents de soulagement et de consolation, inondant mon visage, vidant mon cerveau. Et nous sommes restés ainsi, enveloppés l'un dans l'autre, dans cette lumière éclatante, pendant un temps incalculable. Quand je me suis redressé, elle est sortie puis est revenue peu après, munie d'un mouchoir en papier.

Je me suis essuyé le visage et l'ai remerciée.

Elle n'a pas bougé, les yeux baissés vers moi.

— Tu l'aimes, n'est-ce pas ?

Elle a prononcé cette phrase d'une voix douce, neutre, presque comme si ce n'était pas une question. J'ai fermé les yeux pour répondre « Oui », et je l'ai regardée, j'ai vu qu'elle avait compris. Puis une ombre a obscurci son visage un instant, la trace d'un doute. J'étais sûr que ce moment allait venir. Sans bouger, de son regard intense, elle a cherché à ce que je la rassure, elle m'a supplié.

— Janusz et toi… a-t-elle commencé, mais je l'ai interrompue.

— Il ne sait pas, ai-je dit, fourrant dans ma poche la boulette que formait le mouchoir humide, tâchant de ne pas trembler, de garder ma voix ferme. Ne lui dis rien.

Elle a acquiescé, sa peur envolée.

— Bien sûr que non, a-t-elle répondu en essayant de masquer son soulagement. Je ne dirai rien.

Elle m'a proposé du cognac à nouveau, m'a demandé si je voulais manger quelque chose. J'ai secoué la tête et l'ai remerciée. Il était temps que je file.

Elle m'a raccompagné à la porte, m'a enlacé.

— Je vais appeler mon père tout de suite, a-t-elle dit, m'affirmant qu'il ferait ce qu'il pourrait.

— Merci, ai-je répété.

Elle m'a pris dans ses bras, plus longtemps cette fois.

— Reviens vite.

Là encore, elle semblait sincère.

— Promis.

Et je le croyais presque moi-même.

*

Ce matin, en me réveillant, j'ai écouté les légers bruits de la circulation, la corne de brume des navires qui passaient. Puis je me suis levé, j'ai pris mon manteau et suis sorti. La neige sur le trottoir était poudreuse, scintillante au soleil comme du verre pilé. C'est dimanche, les gens étaient dans les rues, emmenant leur famille en promenade. Je les regardais tous. C'est une tendance dont je n'arrive pas à me débarrasser, je regarde tous ceux que je croise, j'espère reconnaître un visage dans la foule, j'aspire au familier.

J'ai marché vers l'eau – dépassant les immeubles en grès rouge, dont le perron large et solide menait aux anges, aux étoiles et aux Pères Noël sur les fenêtres ; derrière les décorations, l'abondance.

Cette semaine, ils ont enterré les mineurs. Ils n'en ont même pas parlé à la télévision, m'a signalé Jarek. Il l'a su en recevant des nouvelles du pays. Apparemment, des centaines de policiers étaient là pour éviter une émeute – une procession funéraire bordée d'hommes casqués, en l'honneur de ceux qui ont été tués par des hommes casqués. J'ai ressenti de la tristesse plus que de la colère. Peut-être parce que l'année tire à sa fin. On ne peut produire qu'une certaine dose de haine, on ne peut conserver en soi qu'une certaine dose de ressentiment.

Hier, j'ai à nouveau essayé d'appeler Grand-Mère et l'inimaginable est arrivé : la communication a été acceptée. Quelqu'un a décroché.

— Allô ?

Je ne pouvais croire à ma chance, comme si j'avais lancé une corde à travers l'océan et qu'elle l'avait saisie.

— Comment vas-tu ? ai-je demandé, à plusieurs reprises, serrant le combiné jusqu'à ce que mes paumes deviennent poisseuses.

Sa voix n'avait pas changé. Elle allait bien, a-t-elle insisté, un peu trop. Elle avait assez à manger. Elle ne sortait presque pas. Elle essayait de ne pas lire les journaux, ni d'écouter ce que racontaient les voisins. Bien sûr je savais que la ligne était sur écoute, que quelque part, dans une salle triste et étriquée, quelqu'un nous espionnait, et que Grand-Mère tâchait de dire ce qu'il fallait.

— Et toi, Ludzio ?

— Tout va bien, me suis-je empressé de répondre.

Puis j'ai avoué que j'envisageais de revenir au pays. Que…

— Non, m'a-t-elle interrompu, soudain catégorique. Il n'y a rien ici. Ta souffrance ne nous aidera pas.

— Grand-Mère… ai-je essayé, pour l'empêcher de s'incriminer, mais elle m'a coupé la parole à nouveau.

— Reste où tu es. Au moins cela me donne de l'espoir. Et maintenant, raccroche, mon chéri. Cet appel va te coûter des millions.

J'ai posé le combiné et me suis enfoui la tête dans les mains.

Une partie de moi avait encore envie de revenir au pays. Même si je savais qu'une fois là-bas on ne me laisserait jamais repartir. Même si je savais que c'était une folie, que je serais prisonnier. Mais au moins je serais là-bas. À l'intérieur.

J'ai marché jusqu'au rivage, jusqu'aux quais en ruine. De l'autre côté du fleuve écumeux, la ligne d'horizon de Manhattan se dessinait sur le ciel, une centaine de palais de la Culture étincelants assemblés les uns à côté des autres, absorbant le soleil de décembre. Et en voyant cette lumière, j'ai pensé à Noël au pays, comme nous le fêtions jadis. J'ai pensé à Grand-Mère, Maman et moi achetant une carpe au marchand dans la rue, choisissant la plus grosse parmi celles qui nageaient dans les bassins métalliques posés sur le trottoir, pointant nos doigts gantés vers celle-ci. Nous l'emportions à la maison, nous laissions couler l'eau pour qu'elle nage dans la baignoire. C'était le moment que je préférais. Je lui donnais un nom. Je lui racontais que j'allais la porter jusqu'à l'Oder pour la relâcher. Et j'étais sincère. Mais la nuit de Noël arrivait, j'avais faim et Maman était prête. Elle sortait la carpe du bain comme elle m'en sortait quand j'étais petit, en veillant bien à ne pas la laisser tomber. Puis elle lui tranchait la tête. Elle ouvrait le corps et en retirait les organes comme des pépins de raisin, les mains rouges comme le diable, le sang ruisselant sur ses poignets et ses avant-bras, jusqu'aux coudes.

*

Le lendemain du jour où je suis allé voir Hania, je ne suis pas retourné au Service, comme l'homme aux lunettes me l'avait fait promettre. Je suis resté dans ma chambre, à contempler ma montre et à imaginer le fonctionnaire à son bureau, de plus en plus agité. À chaque minute, je m'attendais à ce qu'on frappe à la porte, que des miliciens m'emmènent ou qu'un représentant du comité d'immeuble me remette un avis d'expulsion. Mais rien de tout cela ne s'est produit. Ni le lendemain ni le jour suivant. La semaine s'est terminée sans rien d'anormal. Sauf qu'il s'est mis à neiger.

Les nuages blancs comme des oreillers ont saupoudré de neige toute la ville, des flocons ivres qui dansaient, nouveau-nés, couvrant les rues, les maisons et les voitures d'une croûte scintillante, arrêtant momentanément toute activité.

Un matin, peu après, *Pani* Kolecka a frappé à ma porte et m'a remis une grande enveloppe brune, qui contenait un passeport avec un visa.

Quelques semaines plus tard, j'ai vu Karolina pour la dernière fois. Elle m'attendait dehors, dans la neige, une grosse toque de fourrure sur la tête, son haleine visible dans le froid. Elle a souri en me voyant.

— Pourquoi n'es-tu pas là-dedans ? ai-je demandé en désignant la porte du bar.

— Je voulais y entrer avec toi.

Elle m'a embrassé sur la joue, glissant son bras dans le mien.

À l'intérieur, nous avons été percutés par l'air chaud, les regards des clients. Les hommes, jeunes et vieux, nous reluquaient sans même déguiser leur curiosité. Comme la fois précédente, nous nous sommes assis près du comptoir et avons commandé deux bières. On entendait la dernière chanson de Donna Summer, *Bad Girls*. Mes doigts tambourinaient en rythme.

— C'est marrant que tu m'aies demandé de te retrouver ici, a dit Karolina en souriant. Je pensais que tu n'aimais pas cet endroit.

J'ai éclaté de rire.

— J'ai changé d'avis. C'est permis, non ?

— C'est même très bien, a-t-elle approuvé, amusée.

Les bières sont arrivées et nous avons trinqué. Karolina m'a raconté les dernières semaines, ses rendez-vous avec Karol. Ils s'aimaient.

— Je suis ravi pour toi. (J'étais sincère.) Vraiment ravi.

Nous avons commandé une deuxième bière et à nouveau trinqué.

— Et toi ? Qu'est-ce que tu avais à me raconter ?

J'ai bu une longue gorgée et me suis mis à lui parler de toi, de moi et d'Hania. La vérité sans fard, pour la première fois. Elle m'a écouté bouche bée tout du long, mais elle n'a pas semblé trop surprise. Jusqu'à ce que j'évoque le passeport.

— Donc tu… ?

Ses yeux se sont brouillés.

— Oui. La semaine prochaine.

— C'est génial. (La voix brisée par l'émotion, elle contemplait sa bière.) Et tu ne peux pas… attendre ?

— Je pense que le moment est venu pour moi. Et maintenant que c'est toi qui es amoureuse, je ne vais pas te demander de m'accompagner.

Elle a relevé la tête. Les larmes se sont libérées de ses yeux, dessinant sur ses joues des chemins noirs de mascara. Elle pleurait sans bruit, et je l'ai prise dans mes bras. Quand elle a eu fini, elle s'est aperçue dans le miroir derrière le comptoir et a essuyé son maquillage avec le revers de la main.

— Tu vois dans quel état je me mets ! s'est-elle exclamée avec un sourire. Je ne suis pas sortable.

— C'est vrai. Et tu vas me manquer. Tu viendras peut-être me rejoindre un jour ?

— Peut-être, a-t-elle répondu en souriant et en achevant de sécher ses larmes.

*

La veille de mon départ, je suis allé dans une librairie chercher un manuel d'anglais. En entrant dans le magasin, je t'ai vu – avec elle, le bras autour de sa taille, devant la table de livres près de la porte. Tu portais un nouveau blouson de cuir, marron, avec un beau col en fourrure. Et il y avait une moustache sur ta lèvre supérieure. Je me suis pétrifié. C'est Hania qui a levé la tête et m'a souri, et je n'ai pas eu le choix : je me suis approché et j'ai dit bonjour, mon corps engourdi. L'air était impénétrable entre nous. Elle m'a embrassé sur la joue ; toi et moi, nous nous sommes serré la main solennellement. Je sentais ses regards allant de toi à moi avec une concentration tranquille. Puis elle nous a laissés, disant qu'elle allait payer les livres. Nous sommes restés plantés là, tous les deux. Tu l'as suivie des yeux, évitant mon regard. Finalement, tu as placé ton index et ton majeur devant tes lèvres.

— Tu veux une cigarette ?

Nous sommes sortis sous l'auvent de la librairie, dos à la vitrine. Le soleil était froid. Le givre recouvrait les trottoirs comme du glaçage. Tu as tiré de ta poche un paquet de Marlboro et tu m'en as offert une.

— Jolie moustache, ai-je dit, nerveux, quand tu as allumé ma cigarette et que tu as vu mes yeux parcourir ton visage, tes doigts effleurant les miens quand tu as placé tes mains autour de la flamme pour la protéger du vent.

Tu as ignoré mon commentaire, sa platitude. Tu as allumé ta cigarette sans me regarder et tu as soufflé la fumée par tes narines comme si tu étais très impatient de l'évacuer. Puis tu as tourné la tête dans ma direction. Tes yeux m'ont jaugé. J'ai senti que tu avais envie de dire quelque chose, j'ai préparé mon corps, quoi que tu aies besoin de faire sortir. Puis la porte de la librairie s'est ouverte et Hania est apparue, tenant un sac rempli de livres. Nous sommes restés gênés un moment, déplorant cette occasion manquée. Chacun de nous trois cherchait ses mots, voulant dire quelque chose qui ait un sens. Finalement, nous nous sommes simplement dit au revoir. Nous l'avons dit avec désinvolture, comme si nous allions bientôt nous revoir, ou peut-être comme des gens qui n'avaient jamais été beaucoup plus que de simples connaissances. Vous êtes partis tous les deux, bras dessus bras dessous, et je vous ai regardés, la cigarette encore à la main, la dernière chose que tu m'aies jamais donnée.

*

Je rentre de ma promenade, j'enlève mon manteau et je me frotte les mains. Je m'assieds sur le canapé et je fixe le téléviseur sans l'allumer.

Je me rappelle comment j'ai quitté notre pays, quand je croyais que mon cauchemar de solitude reviendrait. Le cauchemar du temps fossilisé, quand je marche à travers le paysage désolé de tombes envahies par les herbes, il n'y a pas âme qui vive, et je suis condamné à une vie parmi les morts. Mais il n'est pas revenu. Je suis arrivé dans un nouveau pays, une nouvelle ville, et j'ai décidé de laisser ma solitude derrière moi. L'Amérique est le bon endroit pour ça. Même si ce n'est pas vrai, même si on ne peut jamais entièrement renoncer à son passé, personne ici ne te le dira. Cela rend la chose plus facile. Plus facile de se berner. Toi, en particulier, tu dois savoir à quoi cela ressemble.

Et pourtant, il me vient maintenant à l'esprit que nous ne pouvons jamais faire durer nos mensonges indéfiniment. Tôt ou tard, nous sommes forcés d'affronter leurs ténèbres. Nous pouvons choisir *quand*, mais pas *si.* Et plus nous attendons, plus cela sera douloureux et incertain. Même notre pays fait cela à présent – il affronte les archives de ses mensonges, il patauge dans le bourbier dans l'espoir d'atteindre une vérité vivable.

Six mois après mon arrivée ici, Karolina m'a écrit une lettre évoquant le mariage. Hania était enceinte lors de la cérémonie, cela se voyait déjà. Et j'ai pleuré, malgré moi. Pendant tout ce temps j'aurais voulu te demander si tu l'aimais. C'était la seule question que je regrettais de ne pas avoir posée. Je me rends compte aujourd'hui que cela n'a jamais eu aucune importance. Parce que tu avais raison de dire que les gens ne peuvent pas toujours nous donner ce que l'on attend d'eux ; on ne peut pas leur demander de nous aimer comme on le voudrait. On ne peut reprocher cela à personne. Et les chances étaient contre nous dès le départ : nous n'avions pas de guide, personne pour nous montrer la voie. Pas un seul exemple de couple heureux et composé de garçons. Comment étions-nous censés savoir que faire ? Pensions-nous même que nous méritions le bonheur ?

Je me dirige vers l'étagère et je prends *La Chambre de Giovanni*, je passe les doigts sur sa couverture usée. Je pense à tous les yeux qui sont passés sur ces pages, toutes les mains qui ont soupesé ce volume. Et je me rappelle le jour où l'avion partait, quand *Pani* Kolecka est venue dans ma chambre pour la dernière fois, une enveloppe à la main, avec *La Chambre de Giovanni* dedans. Je l'ai serré contre ma poitrine comme un trésor longtemps perdu et enfin retrouvé. Quand j'ai ouvert l'enveloppe, le cœur battant, un morceau de papier s'est envolé et s'est posé délicatement à terre.

« *J'ai adoré ce livre plus que tu ne l'as jamais su*, disait le message, de ton écriture épaisse, penchée vers la droite. *Je voulais le garder... mais il est à toi. Rapporte-le un jour si tu peux. Je serai là. J.* »

Pendant tout ce temps, je m'en rends compte, j'ai vécu comme si mon départ était temporaire, tes mots m'empêchant de partir ou d'arriver réellement. Malgré la lettre de Karolina, malgré le mariage, je m'accrochais à l'idée de nous deux, scrutant les visages pour découvrir un fragment connu, cherchant le familier dans l'étranger. Alors qu'en réalité le familier était déjà devenu étranger, et le pays avait cessé d'être le pays. Tous deux ont continué à vivre et à changer sans moi.

Je ferme le livre et je le replace sur l'étagère, je reprends mon manteau, je quitte l'appartement et je sors dans la rue. Le vent me balaye le visage et je m'apprête à lutter, me dirigeant vers les épiceries d'Eagle Street. Mon ventre gargouille. J'ai faim, tout à coup, comme si je n'avais pas mangé depuis des semaines. J'ai envie de bortsch, de *pierogi* et de gâteau aux graines de pavot, et je ressens cette envie comme un immense vide caverneux en moi, un désir de chaleur. Mais ce n'est pas douloureux du tout. Cela ressemble à une promesse.

# REMERCIEMENTS

L'écriture des *Nageurs de la nuit* a été un voyage de sept années, et il aurait été impossible sans la générosité et l'amour des personnes suivantes :

Tanja Stege, Elizabeth Stephan et le Dr Louis Monaco, qui ont cru en moi bien avant que j'y parvienne moi-même ; Season Butler et tous les membres de notre groupe d'écriture londonien, qui ont d'emblée adopté le monde de Ludwik ; mes amis Hanaa Hakiki, Lottie Davey, Ella Delany, Manon Moreau et Leila Brahimi, qui m'ont prodigué des conseils inestimables sur les premiers jets ; mon extraordinaire agent, Sam Hodder ; et mes merveilleuses éditrices, Alexa von Hirschberg et Jessica Williams.

Sans mes parents – si courageux, si pleins de ressources, et si épris de récits –, je n'aurais jamais eu les outils nécessaires pour écrire ce livre. *Dziękuję wam z całego serca.*

Un grand merci aussi à Marie-Paule, pour son soutien, son enthousiasme et son amour pour la Pologne et cette histoire.

Enfin, je veux remercier mon meilleur ami, mon mari, pour toutes ces années de soutien, et pour son œil, son oreille et son cœur à l'admirable discernement : *Laurent, je t'aime.*

Composition et mise en pages
Nord Compo à Villeneuve-d'Ascq

#lisez engagé !
www.lisez.com
Pour plus d'information :
Imprimé sur du papier issu de forêts gérées durablement.

Imprimé en Espagne par
Liberdúplex
en mars 2024
N° d'impression : 116959

POCKET – 92, avenue de France, 75013 Paris

S33906/01